不可思議先生故事集

文　林世仁　圖　川貝母

目錄

推薦文

蘊藏人生哲理的璀璨寶石

——《不可思議先生故事集》

文／台南大學附設實小教師　溫美玉

兒童文學作家除了提供寓教於樂的文學作品，讓孩童藉由上天遁地，超越時空，擺脫束縛與框架，學習文學中的藝術與奇想，更神聖的任務則是將人生的價值與信仰，不著痕跡的鑲嵌揉織在作品中，達到思辨與教化功能。

本書的主角阿笑咕，讓我聯想到客家話常叫小男生為「阿○咕」，意指精氣神十足，帶著搞怪的創意發想，還有調皮卻義氣性格的男孩，於是，周圍的人就有「好戲」可看啦！沒錯，「阿笑咕」就是這等奇人，帶著好奇的讀者展開不可思議的旅程。不過，這只是阿笑咕給大家的開胃菜。

一般人常常提到「知識就是力量」，但主角阿笑咕卻反駁並說出「知識就是限制」的言論，阿笑咕否定知識嗎？不，用馬克・吐溫的話就能詮釋他的想法：「從不讓學校影響我的學習」。毫無疑問，知識能產生力量，就看你如何「獲取」知識。大學教授看見阿笑咕這個小天才，極力勸說到城裡的大學當一歲的大學生，旁人莫不以此為至高榮耀，但媽媽力阻，最終竟是三十歲的阿姨入學。這是很有意思也很高明的隱喻與暗諷：諷刺紅塵俗世的價值，力挺媽媽不為名利所搖動的智慧，推崇大學教育的功能，卻不窄化進入成員的年齡、階級、職位，因為學校只是獲取知識的其中一種管道。

為了證明吸收知識管道的多元，以及越小年紀，越需要實證與體驗，故事情節的發展也順勢開枝散葉，趣味橫生也讓人大開眼界。尤其阿笑咕是世上僅存的海拉雅人，他該如何利用其先天優勢、後天學習的本領，完成海拉雅人神聖的使命呢？這使命、任務是什麼？完成的定義又是什麼？

學習與成功除了自己的努力之外，關係匪淺的父母親亦是關鍵。阿笑咕練習飛翔的過程，「媽媽沒罵我」，媽媽鼓勵阿笑咕自我探索前進，奠定日後成功基石。末了爸爸出現，而阿笑咕體悟了饒富興味及哲理的話：「我活得越精采，爸爸在海裡就越光亮」，那是否意味著，主角通過一連串的試煉，不是找到賴以生存的靠山，而是日後安身立命的信仰呢？

靠山重要還是信仰更有價值？趕緊翻開精采的故事，跟著阿笑咕一起來找答案喔！

推薦文 這本書，真是媽祖婆的青春痘呀

文／台北市國語實驗國民小學校長、兒童文學作家 林玫伶

阿笑咕一出生就會哭各種動物的聲音；滿月就長好了牙齒，可以啃出各種精美絕倫的藝術品；一開始爬，就爬上電線桿和一隻小牛狹路相逢；六個月後站起來，便能跳能盪又能飛，直到阿海伯提醒他「人的正確移動方式」，他才被知識限制住，只能用兩條腿在地上走路。

這樣的故事開頭也夠驚奇了，如果你覺得自己的創意都玩完了，沒什麼想像力，那麼這些故事鐵定會讓你頭腦的燈泡閃個不停，亮度破表。

你以為這只是一本盡情發想的故事書嗎？不！世仁說故事總是「先讓你笑個夠，再讓你想個夠」。就拿我來說吧！第一個讓我嘴角上揚的，是大人們「租嬰兒出航」幫忙趕魚群的段落；第一個讓我噗哧一笑的，是商人和媽媽為了啃出來的泥巴船討價還價的鏡頭；第一個讓我哈哈大笑的，是在地上爬的嬰兒如何形容大人的長相；第一個讓我捧腹大笑的，是治療扁桃腺的醫生在路上遇見阿笑咕的表情……。天啊！這故事才說了三分之一，照這樣笑

下去，怎麼得了。

幸好這故事也會讓你停下來想一想。為什麼知識不是力量，而是限制？為什麼上學會變笨、學習讓你變成你自己？為什麼流浪狗、小貓咪、小螞蟻、小蝸牛、小白雲、小燕子、小星星都可以當老師？天啊！這才看了三分之一的故事，要想的問題就這麼多。

這本書到底要怎麼讀呀？好吧，你可以選擇「先笑再想、想了再笑」，或是「又笑又想、又想又笑」，又或者是「只笑不想、只想不笑」，讀法超多，任君挑選。

另外呀，這本書的「贈品」也真多：可以學幽默、學寫詩、學怎麼把跑很遠的故事拉回來；可以學跟世界當朋友、跟鬼打交道、用動物的眼睛耳朵認識世界；可以學當好老師、當好爸媽、當活在地球上最受歡迎的人；可以學歡樂的動感，也可以學如何溫柔的觸摸。

查了辭典，「不可思議」的意思是：「在直觀中才能證悟的真理或境界」，看了這本書，我好像有一丁丁懂了。

如果要為這本書做個總評（那可真不容易），套句書中阿星叔的口頭禪：「這本書，真是媽祖婆的青春痘呀！」

序幕

鳶嘴山上的奇遇

我喜歡爬山。高興時，我往山裡去；難過時，我也往山裡去。只要進到山裡，高興就會加倍，難過則會像蛻皮一樣，被腳印子留在山腳下。

平常，我都走小山；偶爾，也爬一爬大山。爬山時，我不帶手機（反正也收不清訊號），卻會帶著錄音筆。我喜歡錄下「山的聲音」，尤其是鳥叫。台灣有六百多種鳥，我還錄不到五十種，有得補。

是八月天吧，我到台中的大雪山森林遊樂區去玩，順便去爬鳶嘴山。我想，那上頭也許有些不一樣的鳥吧？山不算太高，海拔二一八〇公尺，從登山口走到山頂還不到兩公里。很近嘛！我瞧瞧偏西的太陽，毫不遲疑就出發了。那心情，就像是去巷口的便利超商買一杯飲料一樣！

山樹青蔥，山風清涼，一段森林小路引我來到一面小峭壁前。「嘿，要開始囉？」我攀著繩子爬上去。樹木開始低伏下來，石英岩峭壁墊起腳尖，漸漸聳出山頭。還好，光禿禿的岩壁上都有繩子，抓穩了就不難走。不過，攻頂前的四十五度大峭壁，卻讓我的心跳加速了好幾倍。

山頂上，雪山山脈、八仙山、東卯山……屏風般的綿延展開，十分壯觀。

「好舒服呀！」我坐在稜線上，大聲喊。

其實，我是喊給自己聽的。壯膽！

我可以感覺到兩邊的小腿肚都在抖個不停……唉，愛爬山，卻有懼高症的我，坐在這尖尖如老鷹嘴巴的山頂上，簡直就像顫抖的小鴨子！

我只待了一會兒，就趕緊下山。半路上，我忽然想起：嘿，還沒錄到鳥叫聲呢！我豎起耳朵，邊走邊仔細聽……不知道是分心？還是天色變暗了？我腳底一個打滑，「哎呀！」一聲，就跌進山凹裡。等我回過神，發現山翻了一個身，從上頭俯瞰著我。要不是底下有樹叢撐著，我早已經跌進山谷了！

樹葉在我額頭上搔癢，我發現，樹叢離上頭的山路還有一段距離，根本搆不到！更慘的是，彩霞消逝，夜晚已經悄悄爬上了山頭。

「救命啊！」我張嘴大喊。回音驚慌的傳回來，久久才停息下來……

慘了！剛剛上山時，誰也沒瞧見，難不成——整座山只有我一個人？會有直升機經過嗎？我仰起頭，一顆星星也沒有。

冷汗從脖子流到後背，我手腳都涼了起來。怎麼辦？難道要在這裡過夜？半夜氣溫下降，我會不會失溫？萬一，明天也沒人來怎麼辦？樹叢下，有沒有蛇？恐懼和黑夜，裡應外合，把我嚇壞了！我喊到嗓子都啞了，恐慌卻在我的心裡長出手腳，快把我打癱了……怎麼辦？怎麼辦？

氣溫漸漸下降，好不容易冒出頭的月亮，又被雲層遮住……就在我的恐慌快長出腦袋瓜來的時候，一個聲音從上頭傳了下來：「別怕，抓住我的手！」

一隻強而有力的手伸下來，像扣環一樣圈住我，毫不費勁的往上一提，簡直就像拎起一隻小螞蟻……

月光浮出雲層，我瞧見一個微笑。

喀嚓！如果是電影，這一幕可以拍下來當宣傳照。

這就是半夜裡、深山中，我和「不可思議先生」相遇的場景。

後來，在不同的山路上，我又不可思議的和他巧遇過幾次。然後，我的登山路線就完全改變了！我跟著他走名不見經傳的小山，也爬台灣百岳。

從此之後，我不錄鳥叫聲了。我開始錄他的故事。每一次，在山裡邊走邊聽他講起小時候的故事，我都目瞪口呆，好像在聽神話故事。

「這真是太不可思議了！」這句話，很快變成了我的口頭禪。

以下，就是我從錄音筆裡，整理出來的故事。說實話，能錄下這些故事，比錄下全台灣的鳥叫聲，更讓我興奮。

翻開下一頁，你就知道我為什麼這麼說了……

I 舌頭上的動物園

你說，每個人一出生，都是哭著來到這個世界上的？呵呵，那可不一定！

至少我就不是。

我出生那一天，天剛濛濛亮，夜的灰黑色大衣還披在海面上……兩艘正要入港的漁船突然停下來，像破折號一樣貼在海浪上漂漂蕩蕩——他們都被我的第一聲啼叫驚呆了！

聽說，那聲音一傳好遠，連太陽都匆匆蹦出海面，急急追過波浪、照進村子、穿過窗戶、跑到床前，看看是哪一家的小傢伙發出了這麼奇怪的聲音？

可惜，跟世界打的第一聲招呼，就只能有那麼一次。

我閉上嘴巴，不再吭聲。

幫我接生的貓咪姨可著急了，拚命拍我的屁股。

我被拍疼了，只好張開嘴巴，打了幾個大呵欠，表示：我可不是啞巴喲！我只是有點累，想先睡一下。

媽媽看了貓咪姨一眼，好像很得意。「如何？小傢伙的哭聲是不是很讚？」

第二天，我的哭聲又把貓咪姨引來了。

「乖乖，這又是什麼怪聲音？」她問來我家喝茶的阿海伯。

阿海伯掏掏耳朵。「嘿，我沒聽錯吧？這是海豚的聲音哪！」

「媽祖婆的青春痘呀——」隔壁的阿星叔也跑過來。「真的是海豚的叫聲！」

他們把我抱到港邊，沒一會兒，港口外就游來一大群海豚，飛呀，跳呀，咯啦咯啦，吹起好聽的口哨……村裡的小孩全跟過來，他們都說我在跟海豚比賽唱歌呢！

第三天，我的哭聲又換了。

「老天，是青蛙叫！」這一次貓咪姨可聽懂了。「小壞蛋。亂叫！亂叫！」媽媽可不同意。「誰說？叫得可好呢！小寶寶在說我這個老媽頂呱呱！」

媽媽抱著我，在村子裡閒晃，碰到人就要我「呱呱呱！」的讚美一下。

第四天，媽媽沒讓我露面，因為我的哭聲像蛇一樣。「嘶嘶嘶——！」

還好，第五天聲音又變了。「嘎嘎嘎——！」

「咦……這是不是海鷗的叫聲呀？」這一次，貓咪姨帶了錄音機來。

「沒錯！就是，就是。」阿海伯和阿星叔都掛保證。

下午，阿海伯把我借到船上去。

「也許，這個小傢伙可以幫忙趕魚群！」果然，漁船返航時，重得差點開不動！

第五天，阿星叔想租我出航，阿海伯也掏出大紅包。

媽媽很公平，決定輪流出租，還叮嚀我：「到海上要大聲叫，看能不能把你迷航的老爸找回來。」

於是，我還沒滿月，就幫自己賺足了奶粉錢，還用哭聲在海上尋找失蹤

的老爸。

可惜，老爸就像掉進大海的冰塊，不只瞧不見影子，連回音都蒸發得乾乾淨淨。

至於漁船的收穫嘛？也隨著我的哭聲上下起伏：

「吱吱吱——！」海上老鼠叫？一網下去，全是好奇的魚。

「喵喵喵——！」哇，魚全躲了起來！

「汪汪汪——！」一群傻乎乎的魚游了過來……

滿月前一週，漁船空空盪盪的回航，因為我的哭聲變成了獅子吼，所有魚都被嚇跑了！

不過，村子裡的小孩卻都被吸引來了。

他們自告奮勇的幫媽媽照顧我，其實，是偷偷的捏我、掐我、欺負我，好聽我神奇的哭聲。

「哞哞哞——！」

「咩咩咩——！」

……

那一整週，我全身紅通通，媽媽誇我精力充沛，看我一哭，大家都笑，就把我的小名取作「阿笑咕」。

一直到滿月那天，小朋友來吃紅蛋，還忍不住偷偷掐我。「哭一下，再哭一下嘛！」

「嗚……」

「咦？怎麼是哭聲？」

「嘿，跟我的哭聲一樣嘛！」

從此以後，再也沒有小朋友來欺負我了。他們又去追蟲子、抓螃蟹、嚇海鷗。一個正常的娃娃有什麼好玩的呢？

倒是貓咪姨不死心，忘不了我的第一聲啼叫，逢人就表演給對方聽。

「你有聽過這樣的聲音嗎？」

可惜，她的模仿能力太差，別人聽了不是同情的問：「你牙疼嗎？」就是捂起胸口說：「貓咪姨，你別嚇我，現在又不是農曆七月！」

19 舌頭上的動物園

貓咪姨不死心，繼續問人、跑圖書館、上網查資料……最後乾脆揹起書包，重新去唸大學。多年後，有一天，她從美國生物中心打電話給媽媽，興奮的說：「哈，你知道嗎？阿笑咕在滿月之前，幾乎把動物演化史都哭過了一遍呢！還有呀，我終於知道了，他那第一聲悠悠長長，又像鬼叫，又像狼嚎的是什麼聲音了。老天——那是大翅鯨的歌聲哪！」

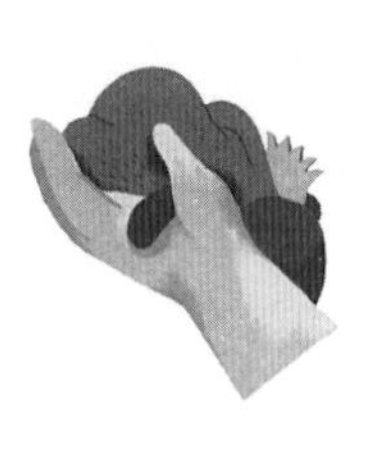

2 啃出一座博物館

知識就是力量？不，對我來說，知識就是限制！

育嬰書上說嬰兒「七坐八爬九長牙」，還好我不知道，所以，當我滿月時第一次舔到糖果，隔天就長好了牙齒。媽媽罵我貪吃鬼，仍然只准我吃奶。

我哪裡能滿足呢？只好抓到什麼就啃什麼。我不是愛吃，我是用嘴巴和世界打招呼！

有一天下過雨後，院子裡的泥巴沾滿水，像麵茶糊，我忍不住抓起一把，用牙齒稱讚它。

媽媽轉頭看見，一把抓起我。「貪吃鬼！泥巴你也吃？」

她掰開我的嘴巴往裡瞧，沒瞧見泥巴，卻看到了整個宇宙！

21 啃出一座博物館

「日日山川？海洋星辰……老天，我的孩子是三界之王？」她忍不住想。

——好吧，這不是我的故事，那是印度教大神黑天的故事。

沒讀過印度神話的，可以去讀小說《少年Pi的奇幻漂流》；沒讀過小說的，也可以去看李安改拍成的電影。（嗯，片裡的大海洋拍得真是美！）

事實是，媽媽只在我的嘴巴裡看到一坨爛泥巴。

「髒死了！」媽媽敲敲我的小腦袋瓜。

我立刻乖乖吐出泥巴。

「咦，這是——」媽媽的眼睛一下瞪大，裡頭亮起了星星……嗯，幾乎就像黑天的媽媽一樣歡喜讚嘆。

「小方舟！好漂亮啊。」她把泥巴船放在手裡把玩了好久，然後，又摸摸我的小腦袋瓜。「乖，啃得真像！」

媽媽把小方舟放在院子的矮牆上，繼續幫人洗衣服。

一位來漁村買魚的商人路過瞧見，驚訝的說：「哇，這小方舟雕得比故宮的核舟小船還精致！大嬸，你這小方舟賣不賣？」

媽媽比商人更驚訝，泥巴船也能賣？

「十萬？」

「不不……」媽媽搖搖頭。

「二十萬？」

「不不不……」

「三十萬？」商人皺緊眉頭。「不能再加了！我皮包裡就這麼多錢。」

「不不不……」媽媽終於說出話來：「太——太多了！」

「太多了？」商人抓抓腦袋，想著自己一開始是怎麼出價的。「那麼……八萬元怎麼樣？」

「不不不……」

「五萬？」

「不不不……」

「兩萬？」商人可不高興了。「不能再降了！再降，就侮辱我的眼光了！」

結果，泥巴船以一萬五成交。

23 啃出一座博物館

這錢，媽媽要幫別人洗一個月的衣服才賺得來。

媽媽幾乎要流下眼淚了。

不過，她沒讓我再吃泥巴。「吃了拉肚子，看我打你屁股！」

她把錢拿去買了一張嬰兒床，把我關在裡頭。

我只好啃嬰兒床的欄杆，把一根一根木欄杆都啃成了不同的動物。

貓咪姨看到好驚訝，問媽媽是去哪兒買來這麼漂亮的古董床？

「媽祖婆的青春痘呀！」阿星叔又摸又叫，差點跳起來。「這些木欄杆比三峽祖師廟的青龍石柱還漂亮！」

阿海伯一邊喝茶一邊欣賞，喝光了一壺烏龍茶才轉頭對媽媽說：「阿笑咕在磨牙，你不給他東西啃可不行哪……哪一天，他把你的房子啃成媽祖廟就慘了！」

媽媽又幾乎要流下眼淚了。

這一次，她是看到了財神爺的微笑！

她把買嬰兒床剩下的錢，去買了好多小木頭。阿海伯把家裡的木桌、木椅、木板凳統統搬過來。阿星叔對我更有信心，連海邊的漂流木也扛了回來。

很快的，附近的妙妙城裡就出現了一家藝術品專賣店，裡頭的木雕作品幾乎就像一座小型博物館，應有盡有，件件精美絕倫，而且，僅此一件。

新聞就像颱風掃過台灣一樣，報紙、電視、網路紛紛報導。觀光客來，記者來，縣市首長來，最後連故宮博物院的院長都到妙妙城來了！

他們觀賞完後一致讚嘆，說我的作品足以媲美翠玉白菜、肉形石和象牙球。讚嘆完，又一致扼腕嘆惜：「唉，真可惜，無緣一見這位藝術大師！」

沒辦法，這位藝術大師太神祕了，從不現身，拒絕採訪，也不回答任何問題。

當然，這原因你是知道的，因為啊，我根本就還不會說話呢！

3 在電線桿上鬥牛

一般嬰兒都是「七坐八爬」，我也是。

不過，我是——「七天就會坐，八天就會爬」！

長滿牙之後，我爬得更快。阿海伯第一次看到我和流浪狗比賽跑，嚇得差點把香菸插進鼻孔裡。阿星叔則是直拍手，說我是哪吒轉世，想介紹我去媽祖廟拜師。貓咪姨上網查了一天，說我可以去申請金氏世界紀錄。沒讀過育嬰書的媽媽倒沒有那麼驚訝，她說：「人生任何事，越早學會越好。」

可是，我爬來爬去也讓她傷透腦筋，因為她很快就追不上我了。

「阿笑咕，馬路上車子多，不要靠近！」她怕我把人家的車子撞翻了。

「阿笑咕，田裡泥巴髒，不要爬進去！」她怕我把地瓜當成花生啃。

「阿笑咕，海邊危險不要去！萬一爬進大海，你就要一輩子去當海龍王的女婿！」

當海龍王的女婿？我真想試一試。

可是媽媽接著說：「——然後，你就永遠看不到媽媽了！」沒辦法，我只好忍住爬進大海的衝動。

不過，我還是偷偷跑去馬路上看車子。

可惜沒有想像中好玩。我在馬路上爬過來、爬過去，腳踏車叮鈴鈴——、機車、轎車、大卡車叭叭叭——，然後全都唧——吱——嘎——的比賽煞車，聲音實在有點吵……

田裡也不好玩，看來看去都是地瓜葉，而且螞蟻多，比我還會爬，一不注意就從我的腳趾頭爬到鼻頭，弄得我全身好癢。（對了，我的第一支「螞蟻舞」就是在田裡學會的。）

有一天，窗外打雷，我抬頭一看，看到風雨中、閃電下，電線桿像一位又瘦又高的巨人，昂然挺立在村子口，我的手心、腳掌心忽然開始發癢，一個全新的天地在我眼前展開！

27 在電線桿上鬥牛

第二天，我就開始爬電線桿。先直直往上，然後和大地平行、沿著電線一路往前——

這真是太有趣啦！什麼東西都在我的腳底下。

馬路、農田、三合院……我從這個村子爬到那個村子，一邊爬一邊看著腳底下的風景。不必擔心車子、不必害怕螞蟻，還有麻雀陪我聊天。真棒！

媽媽幫我披上紅披風，叮嚀我：「別爬太遠喲，要讓我一抬頭就能看見。還有，不可以在電線上睡午覺。」

慢慢的，阿海伯托我送小魚乾給鄰村的表妹；阿星叔托我送信給妙妙城的親戚；貓咪姨托我幫她到城裡的圖書館還書……我忙得可愉快了。

一天傍晚，我爬進一條沒走過的「電線路」。電線桿一根接一根，通向遠方的山頭。

爬著爬著……我忽然覺得那座山跑到了眼前。

一抬頭，一隻小牛直直瞪著我！

看他站得穩穩當當，想必跟我一樣，是上下電線桿的老手了。

「喂，讓開！」當然，我是用眼睛跟他說話。

他用鼻孔回答：「哼！」意思是：你才給我讓開！

「是我先來的！」我用力瞪他。

「鬼才相信！」他用鼻孔把氣噴到我臉上。

我學野貓拱起背，他也學野貓拱起背。

我解下紅披風，左右搖呀搖。小牛瞪著紅披風，小腦袋搖呀搖，左轉、右轉，嘴巴開開合合、低聲咆哮……

小牛衝過來，我本能的往上一跳。

咻——我們互相交換了位置。

哇，想不到我第一次跳高，竟然是在半空中！

真好玩！我扭回頭，不想走。

他也扭回頭，不想走。

紅披肩搖呀搖，小牛哼呀哼……

衝！再一跳。

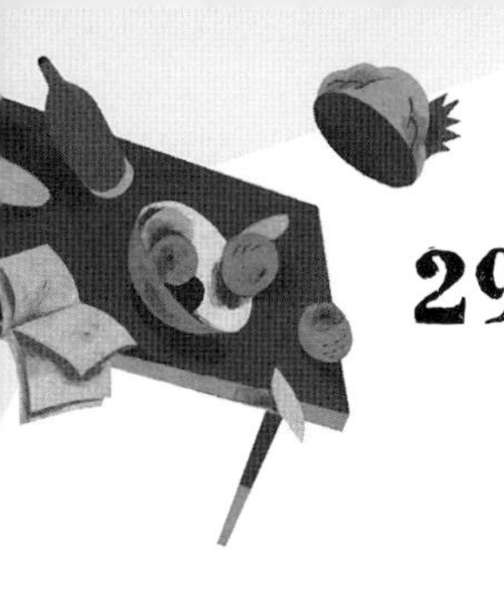

29 在電線桿上鬥牛

我們又交換了位置。

就這樣，我們衝過來、跳過去，鬥了好久。

鬥累了，他氣乎乎的不肯走，我也不想認輸，我們就這樣在電線上耗著、瞪著、僵持著……

耗著有些無聊，我用口哨吹起紫竹調。這是我的搖籃曲，媽媽每天晚上都哼給我聽。

小牛愣了一下，然後，背鬆了下來，頭低了下來，慢慢趴了下來……他的嘴巴濕答答，眼神變得好溫柔。

我從來沒有這麼近看過牛的眼睛，水汪汪，清亮亮，裡頭還有我的倒影。

我一邊吹著口哨，一邊輕輕爬上他的背。

我坐在他的背上吹口哨，直到彩霞滿天，太陽都快掉下去了，我才爬過他的尾巴。

我回頭看著他，他也回頭看著我。

「吽……」他也哼了一首歌。

我對他揮揮手。他對我搖搖尾巴，然後直直走向太陽掉進大海的地方。

我想，他大概是想到海裡去洗一次月光澡吧。

我永遠記得那一雙大眼睛、紅紅的夕陽和遠遠消逝的背影……

這就是為什麼我不吃牛肉的原因。

如果，你也曾經那麼近距離的看過牛的眼睛，你一定會跟我一樣，只想和牛做好朋友呢！

4 和大地平行的嬰兒

在地上爬了半年，大人的長相對我來說，就是「從腳趾頭到褲管頭」。阿海伯是「夾腳拖＋黑漆漆的疙瘩腿」；阿星叔是「雨鞋＋雨褲」；貓咪姨最漂亮，是「花布鞋＋牛仔褲」。

抬起頭來，世界就不一樣了。

我很快就發現，膝蓋以下的世界根本就占不到「真正世界」的一半！

當我滿六個月那天，我決定站起來，不爬了。

不爬能做什麼呢？我不太清楚。

看到麻雀蹦蹦跳，我也蹦蹦跳，不過不好玩，只有跳過門檻時才有趣。

媽媽罵我什麼不好學，學殭屍跳？

噁，我才不想當殭屍呢！更何況跳呀跳的，世界一直晃，眼睛看得好累。

我一看到貓咪姨家電視裡的猿猴，就立刻就愛上牠了！長臂猿手一伸、指一抓、腰一盪，吆喝一聲就盪得好快、好遠。真帥！

我學牠把雙手吊掛在桌子邊，果然，沒兩天手便伸長了，站著就能搆到地。

真好！我開始盪，從椅子盪到桌子，從桌子盪到衣櫃，從衣櫃盪到門框……屋裡窄，盪不出漂亮姿勢，所以我到門外玩，在防風林裡盪呀盪……可惜這些樹太筆直，不好盪。大部分的時候，我只好像猴子一樣窩在樹上，肚子餓了才下去找媽媽吃奶。

「小猴兒，剛剛又跑去哪兒玩啦？」

「看風景呀！」我用眼睛加手勢說：「我還把兩棵木麻黃啃成了千里眼和順風耳。」

有一天，我盪到阿海伯家。阿海伯還在海上，阿海嬸在曬魚乾。

「小猴兒，吃一條。」

33 和大地平行的嬰兒

我抬頭一接，就看到天上飛過一隻我沒看過的鳥。

「鳥！」我用姿勢比了比。

「傻小猴，那是飛機。」

「飛雞？會飛的雞？」我好興奮，學母雞叫。

「是會飛的機器。」阿海嬸搬出板凳，開始補漁網。「上頭坐了好幾百個人，全都坐在天空上吃午餐。」

坐在天空上吃午餐？哇，我也要！

他們會飛，我也要。

我開始跟麻雀學飛。跳跳跳，張開翅膀——飛！

剛開始，我一直掉下來。

因為我的手還以為它要去抓樹枝，我罵了它好幾次，它才明白。

有一天，空氣很香，有蒲公英的味道。我張開手，想像自己是大鳥國王最要好的朋友，然後……我身子一輕，就輕輕飛了起來。

飛得不高，只有紙飛機那麼高。

不過，我已經很滿足了！只要再練習幾次，我一定能飛得更好。

我飛到媽媽身邊，媽媽還在洗衣服。（她說答應人家的事情就要做到底；雖然我的「木雕」賺了不少錢，她卻一毛也沒用，全幫我存進了銀行。）

媽媽沒罵我，只是要我看清楚前方，不要像蒼蠅一樣，傻傻的去撞玻璃窗。

飛起來的感覺真好，天在上，地在下，我在中間輕輕飛，好像躺在風的懷抱裡，又好像騎在空氣的背上。

我飛到貓咪姨家。貓咪姨大笑一聲，要我停在門口，拿出畫架，幫我畫了一張畫。她咬著筆桿，想了想，說：「嗯，這一幅畫就叫──『和大地平行的嬰兒』。」

門後邊，我瞧見村裡那些野孩子瞪大了眼睛……大寶在找彈弓，二寶在掏口袋，三寶也跑出來撿石頭，我知道他們想幹嘛，趕緊飛走。

我飛到阿星叔家，阿星叔大叫一聲跌下凳子，朝我拜了三拜，牙齒差點咬到舌頭。「媽祖婆的青春痘呀！信男周阿星在此拜見哪吒三太子！」

35 和大地平行的嬰兒

我飛到阿海伯家，阿海伯哼了一聲，彈掉香菸頭。

「阿笑咕，你不知道你是人呀？」阿海伯敲敲我的小腦袋瓜。「人只能用兩條腿在陸地上走路哇！」

喔，是這樣的嗎？

才這麼一想，我就「撲通」一聲，從半空中跌下來，雙手都沾滿了塵土。

於是，還沒滿週歲，我就不會跳、不會盪，也不會飛了。

我只會用兩條腿在地上走路。

「知識就是力量」？

呵，我說過了——對我來說，知識就是限制！

5——跟外星人打賭

開始說話前，我很緊張。

因為我的舌頭不知道為什麼，一直轉過來、翻過去，像海浪一樣不安分。

貓咪姨很期待：「阿笑咕滿月之前就會學動物叫，不知道開口說話會不會像唱戲？生、旦、淨、末、丑輪流來？」

阿星叔說：「呔！三太子開口第一句，一定是金言、是聖旨！」

阿海伯揮揮手說：「只要不是貓叫就好。」

中秋節，大家圍在一起喝茶、聊天、看月亮。

我覺得氣氛不錯，打了好大一聲嗝，振響了舌頭，把話彈了出來。

「笨啾——！」

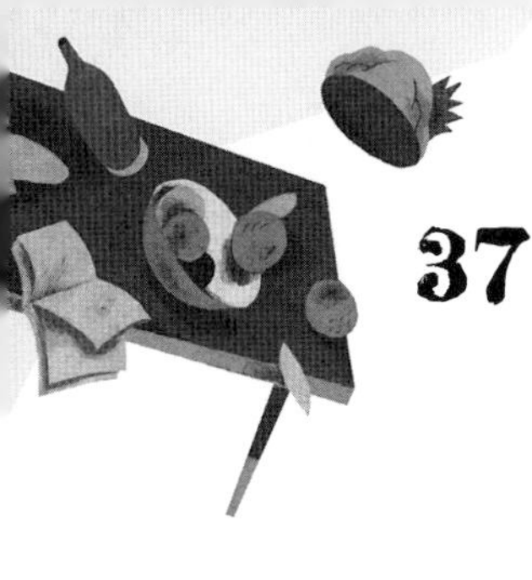

37 跟外星人打賭

大家都愣住了。

「他在說什麼？」阿海伯瞪大眼睛。「罵我『笨豬』嗎？」

「不，不是國語。」貓咪姨說：「也不像閩南語。」

阿星叔不懂。「三太子會說外國話？還是……原住民語？」

媽媽可開心了。「阿笑咕在跟大家問好呢！」

「你聽得懂？」大家都好佩服。

「不懂。」媽媽說：「不過，我懂他的表情呀！」

我樂了，繼續說話。

「那馬思太！」

「吼啦！」

「扎西德勒！」

「安妞哈誰喲！」

「喔嗨喲！」

「啊，這一句我懂！」貓咪姨跳起來。「是日本話！」

不可思議先生故事集 38

可惜，接下來又沒人懂了。

我一開口，就連續說了三天，大家都當我在唱歌。

隔天，村裡來了一位研究「外移人口漁村再生計劃」的研究生。我跟他打招呼，他嚇一大跳，足足瞪了我半小時。

三天後，他帶來一位大學教授，村裡的人全跟著圍過來。

「哈，妙妙妙！這位小娃娃是在用外國話跟大家打招呼呢！」大學教授說：「笨啾是法國話，那馬思太是印度話，吼啦是西班牙語，扎西德勒是西藏話，安妞哈誰喲是韓國話……我研究語言學這麼多年，從沒碰過這種事。」

我繼續說話，教授拿著錄音筆的手開始顫抖。「老天，全世界的語言有六千多種，我居然有榮幸一次聽到……我……我真是太感動了！」

我很開心，又連續說了一星期話。教授在我們家連續打了一星期地舖。

「不可思議！不可思議！」他不斷在筆記型電腦上敲打，「有些話真奇怪，根本比對不出來呢！」

一星期後，我的舌頭終於停止振動。

39 跟外星人打賭

「嗯，大部分都是打招呼的話……」教授反覆聽著錄音。「啊，我懂了！小娃娃的聲帶是在暖身呀！」

是嗎？連我自己都不知道。

半夜，一架幽浮降落在沙灘上，村裡的人都嚇壞了。

幽浮的燈光又醜又刺眼，還轟轟轟的吵得我睡不著。

我披上紅披風，去跟外星人抗議。沒多久，他們就關了燈、安安靜靜離開了。

「你跟外星人說了什麼？」貓咪姨問我，「外星人的臉色一下子紅，一下子藍，嚇死我了！」

我嘰哩呱啦說了一遍，沒人聽得懂。

「等一下，」教授仔細檢查我的喉嚨，「咦，裡頭好像有個小轉鈕。」

教授輕輕碰呀碰，我的聲音變呀變……啪！就像收音機調對了頻道，我終於開口正常說話了！我重新解釋一遍：

外星人說這是「地球的口水」；我說：「不是，這叫大海！」

外星人說要把「地球的口水」帶回家；我說：「不可以！」

外星人不高興了，說要把「地球的口水」擦掉。

我也不高興了，指著天上的一顆星星說：「好，那我們來打賭。如果你們敢擦掉我們家的大海，我就把你們家的燈光擦掉！」

外星人抬頭看了看，吞了口口水，害怕找不到回家的燈。他們不敢和我打賭，只敢和我握手。

他們說：「地球之子，你真勇敢！我們決定回家。希望地球的口水永遠都這麼藍、這麼香！」

「媽祖婆的青春痘呀！」阿星叔好感動，「三太子就是三太子，連外星人都怕。」

教授點點頭。「原來，錄音裡那些我聽不懂的話——是外星話呀！」

貓咪姨和阿海伯都豎起大拇指，稱讚媽媽生了一個好孩子。

媽媽只是瞪了我一眼，說：「下次，不准你隨便和外星人吹牛、打賭。知道嗎？」

6 全村人都擠進一輛計程車！

大學教授離開村子前，遞給媽媽一張名片。

「妙博士？」媽媽看著上頭的字。

妙博士點點頭。「請您們搬來妙妙城吧。我想在大學裡好好培訓阿笑咕。說不定，他將來可以當地球代表，和外星人談星際合作。」

全村人聽了都拍手贊成，媽媽卻搖頭。

「我們不能離開這裡。」媽媽說：「阿笑咕的爸爸在海裡迷了路，也許哪一天就找到路回來，我們要在這裡等他。」

全村人都說：「我們可以幫你等啊！一有消息就通知你。」

一想到「一歲的大學生」，村裡的人都好興奮，好像那光芒也在自己的頭頂上閃耀。

43 全村人都擠進一輛計程車！

「不行。」媽媽斷然拒絕。「除了他爸爸，整個海拉雅族就只剩下阿笑咕一個人。我不能讓他進城。」

「為什麼？」全村人都不明白。

「阿笑咕的爸爸交代過，在他長大之前，不能住到城裡。」

「媽姐婆的青春痘啊！」阿星叔的頭搖得像波浪鼓。「船老大昏頭了？我如果能留在城裡，也不用在這裡三餐喝海風！三太子有機會進城，當然要去普渡眾生，不去多可惜？」

媽媽還是搖頭。「海拉雅族人天生就不用上學，上學只會讓他們變笨。」

媽媽沒說錯。我也覺得我知道的越多，就越笨。

妙博士笑了起來。「喔……上學會變笨啊？呵呵，也許、也許。那我就不勉強了，我先去準備行李。」

「阿笑咕總不能都不進城吧？」妙博士一轉身，貓咪姨就問：「生病了怎麼辦？總要進城看醫生呀！這裡交通不方便，不如住在城裡好。」

「生病當然要進城，那跟住在城裡不一樣。」媽媽說：「到時候我會帶他去醫院。」

「萬一你忙呢？正好沒空呢？」貓咪姨不死心。

「全村人都會幫我，不是嗎？」媽媽看著全村人。

「那有什麼問題！」全村人都對著媽媽點頭，然後，又一個個惋惜的說：「真可惜！阿笑咕不能去唸大學。」

接著，全村人開始嘆氣……

聲音不長，一共四聲：「唉！」「唉！」「唉！」「唉！」

四聲嘆息的主人分別是：阿海伯夫婦、阿星叔和貓咪姨。

現在，你知道為什麼前面的故事裡，出場的人物這麼少了吧？

全村人——除了我們家——就只有四個大人！

不過，以前可不是這樣子的喲。

媽媽說，幾百年前，村子裡至少有上百戶人家，全都住滿了海拉雅人。

可是，一代代的海拉雅人在大海裡迷了路，村子裡的空屋越來越多，到了我這一代，就只剩下我了。

45 全村人都擠進一輛計程車！

「那阿海伯呢？」

「阿海伯是你爺爺從城裡拾回來的孤兒。他很努力，自己從大海裡賺了錢，修好房子，還娶了妻子。」

「阿星叔呢？」

媽媽壓低聲音說：「阿星叔以前是流浪漢，有一天流浪到我們村子，爸爸正好缺個打魚的伴，就邀他一塊上船。阿星叔很爭氣，學會了你爸爸的好手藝，買了一艘船，從大海嘴巴裡把自己的人生給贏了回來。」

「貓咪姨最有愛心。」媽媽沒等我問，接著說：「她照顧三個孤兒，大寶、二寶、三寶。這裡的空房子多，不用房租，她算是孤兒院的院長呢！」

於是，三分鐘，我就聽完了我們村子的歷史。

（現在，你知道在第一篇故事裡，那些偷偷跑來捏我、掐我、欺負我的「全村小孩」，其實，也就只有「三個」了吧？）

村子小，我們可不認小，做什麼事情都愛說「我們全村人」。

——我們全村人呀，都認得彼此喔！

——我們全村人呀，起床都不用鬧鐘喔！

——我們全村人呀，一分鐘就可以集合完畢喔！

——我們全村人呀，都喜歡這裡！

——我們煮一桌菜呀，就能讓全村人都吃得肚子撐！

——我們全村人呀，說故事最愛說「我們全村人」喲……

只是，這一次，我們全村人都同意我進城，媽媽卻不同意。

結果跟妙博士進城的，是貓咪姨！

妙博士幫她把三個孤兒在妙妙城裡安頓好，讓她專心去上學，讀生物系。

「一歲的大學生很稀奇，」貓咪姨很興奮。「三十歲的大學生也很稀奇喔！」

半年後，我們去看貓咪咦。

這一次，我們全村人呀，連一輛計程車都擠得進去呢！

7 跑步學算術

一天中午，媽媽一邊洗衣服一邊把我叫過去。「阿笑咕，聽好了！從今天開始，你的上半身可以生病，下半身不可以。」

「為什麼？」

「因為萬一你生病時我在忙，你就要靠自己的雙腿跑去城裡找醫生。」

喔，那有什麼問題？我最愛跑步了。

我立刻要我的兩條腿記住媽媽的話：不—准—生—病！

為了保證我一生病，就能在「第一時間」跑到醫院，我開始練跑。

我一跑，就跟風一樣快！

「停停停！」媽媽說：「你別亂跑。過來，我教你算術，你先跑慢一點。」

「算術？」我不懂。「海拉雅人不是不用上學？」

「不用上學，也要學習呀。」媽媽說：「上學讓海拉雅人變笨，學習讓你變成你自己。」

媽媽教我一邊跑步一邊數數：一步是1，兩步是2，三步是3……

「好，去，從1跑到10。」

這太難了！

我一跑就跑到兩千、三千。

媽媽只好教我從一數到一萬。「好啦，去從一數到一萬。反覆練習五次。」

我儘量用「慢動作」跑，用腳在大地上數數。「1、2、3、4、5……」

跑完五遍，我發現數字是一個一個加上去的。不用媽媽教，我自己就可以往下數了……可是我碰到一個問題。

「媽，最後那個數字是幾？我怎麼一直數都數不到？」

49 跑步學算術

「那叫無限大，誰也數不到它。」

是嗎？我可不想認輸。

媽媽繼續教我分辨奇數和偶數。「你把左腳當奇數，右腳當成偶數……」

於是，我開始練習用左腳、右腳輪流跑。

左腳跳著跑：「1、3、5、7、9、11……」

右腳跳著跑：「2、4、6、8、10、12……」

「你再去跑，第一次跑一萬步，第二次跑兩萬步。」

我跑回來，媽媽問我：「第二次比第一次多幾步？」

多幾步呢？我想想……

我繼續跑，每一次都比上一次多跑一萬步。

跑到十萬步，我就學會了加法。

「好，把順序倒過來。從十萬步開始，每一次都比上一次少一萬步。」

於是，我又學會了減法。

媽媽繼續教我乘法：「還記得你第一次，一萬步跑了五遍嗎？同樣距離，如果一次就把它跑完，那是多少步？」

「五萬步！」我一下子就學會了。

我繼續跑步，媽媽繼續洗衣服。

「跑幾步了？」

「六十萬步。」我臉不紅氣不喘。

「你跑六十萬步，我洗了十件衣服。」媽媽問：「我洗一件衣服，你跑幾步？」

不知道。我只好再跑一次。

「六萬步。」除法雖然要多想一下，但也不難。

「好，你可以跑快一點了。」媽媽把衣服晾起來。

耶！我往前衝。

阿海伯幫我打氣。「小心，時間那傢伙跑得最快，你可別跑輸它！」

那有什麼問題？

一秒鐘，時間才「滴答」兩聲，我早跑了三千步。

51 跑步學算術

阿星叔拍手叫好。「三太子呀，風火輪踩得有夠猛，你的影子都快跟不上你嘍！」

那當然！

我一下子就跑進城裡。

一位交通警察「嗶」一聲，把我攔下來。

「喂，騎機車要戴安全帽……咦，你的機車呢？咦，你是小朋友？」警察糊塗了，「呃……這罰單要怎麼開？騎機車沒帶機車……不對、不對！三歲小娃兒在馬路上飆車？呃，不對、不對！咦，我想想……」

警察還在低頭查法規，我偷偷轉過身，咻一下跑回村子。

再來回多跑幾次，我就知道怎麼躲開警察了。

我還發現，從海拉雅村到妙妙城，中間要經過六個村子。

我們村子只有五戶人家。接下來的村子，依序是：

貓村，25戶人家。

一樣村，125戶人家。

從前從前村，625戶人家。

星座村，3,125戶人家。

怪怪鎮，15,625戶人家。

顛倒村，78,125戶人家。

妙妙城，390,625戶人家。

5、25、125、625、3,125、15,625、78,125、390,625。

這些數字很有趣，後一個數字正好是前一個數字乘以五。所以，跑過幾遍，我就學會了等比級數。

媽媽知道了，點點頭說：「很好。現在，去跟風賽跑吧。」

於是我放開腳步，追過風小孩、風阿姨、風叔叔、風伯伯、風爺爺……

聽風聲家族在我後頭憤怒大吼。

我跑得比什麼都快！不過，我還是追不上「無限大」。

沒關係，總有一天，我會追上那個數字。

53 跑步學算術

等我追到它，我要用腳狠狠踩它一下！
哼，誰叫它跑得比我快！

8 在心裡雕刻一個自己

會說話之後，我就不再啃木頭了。

阿海伯把香菸噴了又噴，覺得好可惜。阿星叔一直嘀咕著：「哎呀呀、哎呀呀……」連電話另一頭的貓咪姨也在嘆氣，「唉，我還打算以後幫阿笑咕寫一本雕刻家傳記呢！」

媽媽倒是無所謂，她對我說：「不雕木頭，你可以開始雕自己的影像。」

「雕自己的影像？」我從來沒想過。「怎麼雕？」

「用想像力雕呀！」媽媽說：「爸媽給了你一個長相，你可以給自己再雕一個樣子。」

「雕在哪裡？」

「雕在心裡。」媽媽摸摸我的頭，「你想長成什麼樣子？一邊想，一邊

55 在心裡雕刻一個自己

雕。雕好了告訴我。」

在心裡雕刻一個自己？

真好玩！

可是，我還是不知道應該怎麼雕？我跑去問阿星叔。

「阿星叔，您心中有一個自己的樣子嗎？」

「當然有呀！我心裡一直有個祕密影像……哈哈哈！呃……說了你可別告訴別人……」阿星叔壓低了聲音，「其實呀，我心中的自己，穿戴著破衣破帽破鞋子，手裡還拿著一支破扇子……」

「哇，好可憐！」

「什麼好可憐？」阿星叔的嘴巴都快翹上天了，「是好讚！你沒見過濟公？沒有？嗯……濟公是降龍羅漢，最瀟灑的神仙，廟裡的十八羅漢，都是我這個羅漢腳的師兄弟呢！」

阿星叔呵呵笑，手一搖，腳一晃，瘋瘋顛顛的踏起台步，好像喝醉了酒一樣。

好一會兒，他玩夠了，才抬頭問我：「怎麼？三太子在心裡看見自己的本尊現形了？」

我搖搖頭。我才不想當三太子呢！

我又跑去問阿海伯。

「阿海伯，您心中有一個自己的樣子嗎？」

阿海伯點起香菸，深深吸了一口，然後抬起頭，緩緩吐出一道又長又白的菸圈。「嗯……除了你爺爺，你是第二個問我這個問題的人。」

菸圈在半空中隆起成一個白色的烏龜殼。「起初，我以為我是大海龜，慢悠悠，厚頓頓，就是要窩在大海底……後來，我才發現我不是。」

「那你是什麼？」

阿海伯又吐出一長串白白的菸，看著它在頭上轉圈圈。

「是什麼嘛？」我一直追問。

黑亮的額頭皺了起來，阿海伯的手在上頭搓啊搓，好半天才從皺紋裡搓出了答案。「大墨魚嘍！一肚子黑水，每天不吐兩口，就受不了。」說完又

57 在心裡雕刻一個自己

咳咳兩聲，繼續吐菸圈。

我去問阿海嬸。

「還能是什麼？」阿海嬸拿起小鏡子一照，「喏，還不是跟昨天一樣？糟老太婆一個。」

我跑到貓咪姨留下的空房間想。

「我是什麼呢？」

我又跑到海邊想。

空空的牆壁像我空空的腦袋。

空空的腦袋裡什麼也沒有。

嗯，空空闊闊的大海，底下卻藏著千奇百怪的東西。我空空的腦袋瓜裡，一定也藏著什麼吧？

只可惜，我想啊想，想啊想……一天又一天，還是什麼也想不出來。

有一天，我在空房子裡玩耍，一間晃過一間。晃累了，我趴在村子尾的空地上，看著天上的白雲飄來飄去……

59 在心裡雕刻一個自己

突然，我的心中浮現出一座島。

島上有什麼呢？

喔，不，不是島上有什麼，而是——島是什麼？島是用什麼做成的？

白雲島？羽毛島？花瓣島？閃電島？還是……彩虹島？泡沫島？鋼鐵島？

影像換來換去，我都不滿意……

鏡頭拉近，我發現：那島上，一粒沙就是一個夢，整座島就是一個更大的夢。

我吸了一口島上的空氣……脆脆的，甜滋滋！夢島！

耶，原來我是島，一座夢島！

我在島上開心的玩了一下午。

黃昏，我跑回家。

「媽媽，媽媽！我雕好了心裡的自己！」我好得意，「我是島，一座夢島。」

媽媽仔細聽完我的話，哈哈大笑。「阿傻咕！你是在胡思亂想，那叫白日夢。」

就這樣，我到十八歲之前都沒有雕刻出自己的影像。

不過，我發現了胡思亂想的遊戲。

老實說，那更好玩呢！

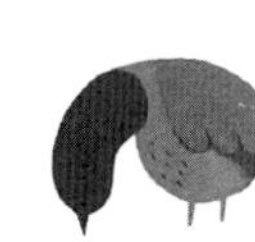

9 幫大地按摩

我第一次摔跤時，媽媽哈哈大笑。「你在跟土地公拜年啊？」

膝蓋紅通通，還很痛，我卻笑了。

「跟土地公拜年？耶，我要再玩一次！」

我又跌了一次。

這次我的眼淚倒流回去，嘴巴也不喊疼了。我覺得好好玩！

我還發現，不同的跌法，就像不同的拜年姿勢。跌得好，土地公一定看得開心！

「小心頭。」媽媽說。

頭？對喔，我忘了倒立。

我立刻倒立過來，雙手緊緊撐著大地。

「拜年還不夠呀？」媽媽甩了我一泡沫洗衣水。「還要幫土地公按摩？」

「對呀……」我嘻嘻笑，雙手更加使勁。「我在幫土地公按摩！」

我倒立過來，世界也倒立過來。

土地公開心，我也開心。

我往前走，房子啊，樹啊，草啊，全都倒吊過來，好像被土地公抓住它們的腳，拚命搖：「說！你們的口袋裡藏了什麼？」

哪有什麼呀？大家抖呀抖，只有幾片落葉和一群麻雀掉出來。

左手、右手、左手、右手……我「每一手」都重重的壓在大地上。

幾隻蚯蚓探出頭，幾隻蚱蜢往下掉……真好玩！

只是，我不知道，我是在按摩土地公的腦袋瓜？肩膀？後背？還是胸膛？

走沒幾步，大地動了一下。

咦，土地公想翻身嗎？

一定是我按摩得好！

63 幫大地按摩

我繼續往前走，雙手更起勁。

蚯蚓越來越多，蚱蜢到處跳，田鼠探出頭，螞蟻也跑出來……

啊，我知道了！我是在幫土地公抓頭髮，才有這麼多「頭皮屑」掉出來！

再往前，我看到一長排樹根浮出地面。

「土地公的長頭髮？」我用力抓下去，幫他梳一梳這些亂頭髮。

大地又劇烈的晃動了一下。

嘻，土地公一定是在說：「哇，好舒服喲～～」

梳完頭髮換搥背。我握起拳頭，「砰！」「砰！」「砰！」往前走，像打鼓。

大地搖得更加起勁了，果子紛紛從樹上掉下來。

「砰咚！」身邊的小樹倒下來。

「砰咚！」遠處的路燈倒下來。

「砰咚！」「砰咚！」「砰咚！」好多東西倒下來……

「砰咚！」「砰咚！」真好聽！整個大地都活了過來，好像土地公在伸懶腰、聳肩膀、扭屁股……

連房子都高興得跳起舞。

「停！停！停！」媽媽追出來，把我頭上腳下抓回來。「別再用手走路啦！」

我臉頰紅通通，腦袋轟隆隆，不明白。

「你壓到地牛的尾巴了啦！」媽媽說：「地牛如果疼得一翻身，就會引來大地震，把房子全震倒。」

咦，土地公怎麼變成了地牛？

「我都忘了地牛最怕海拉雅人抓牠尾巴！」媽媽牽著我回家，「在你能分辨土地公和地牛之前，不准再倒立了。」

那可真難！你會分辨嗎？我可不會。

我只好又用腳走路。

世界又恢復正常，我又光著腳丫子走路。

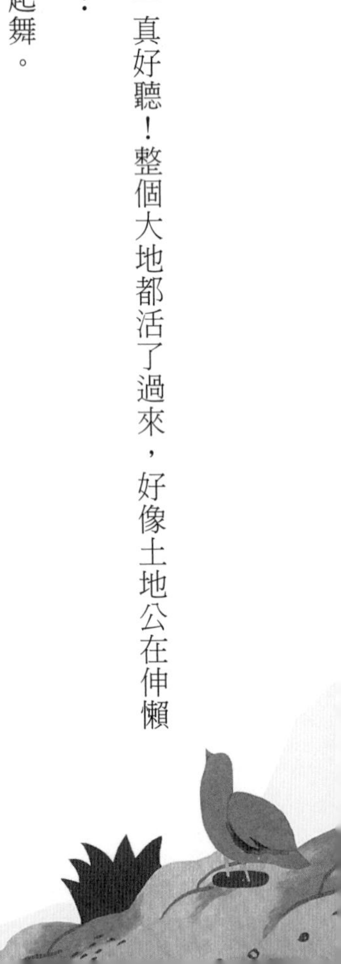

65 幫大地按摩

一天下午，阿海嬸叫住我。「阿笑咕，過來，我幫你縫了一雙襪子！」

我好高興，立刻把兩隻襪子都穿在右腳。

阿海嬸一直笑。（我忘了告訴她：我的左腳是奇數，右腳是偶數！）

耶，走起路來，果然不一樣！

左腳光溜溜，踩在土地上；右腳軟柔柔，好像踩在地毯上。

我一邊走，一邊默唸著：「左腳土地公、右腳地牛……」

左腳、右腳、左腳、右腳……村子再也沒有發生地震。

哈，一定是因為土地公很開心，地牛也很舒服的緣故吧？

對了，我第一次倒立的時候，還不知道地球是圓的，像籃球一樣；要不然，我雙手一使勁……嗯，說不定就把地球投進織女系的籃框裡去了呢！

10 喉嚨裡的流星雨

六歲之前，我每次感冒，都會先喉嚨痛。

「扁桃腺發炎！」每一次，醫生都這麼說。

有一天，我又喉嚨痛，立刻搶在風之前趕到醫院。

「你昨天吃了什麼？」醫生一邊檢查我的喉嚨，一邊問。

「楊桃。」

「楊桃？」醫生的眉毛皺了起來。「嗯……切開的楊桃是有點像星星……怪不得，你的喉嚨裡正在下流星雨！」

「流星雨？」全院的護士都跑過來看。「真的耶！真的是流星雨。」

醫生用鏡子照給我看。

哇，黑黑的喉嚨裡好像在放煙火，咻！咻！咻！一陣一陣，閃閃亮亮，

67 喉嚨裡的流星雨

偶爾還劃過一顆紅色的火流星……

醫生立刻發號施令：

「快拿照相機來！」

「打電話給天文台長！問他流星雨要怎麼採集？」

「順便問問博物館長，看他要不要訂幾顆流星？」

護士長忍不住舉手。「請問……我可以許願嗎？」

「哎呀，我怎麼沒想到！」醫生大叫一聲。

於是，在天文台長、博物館長趕來之前，我都張著嘴巴，看著醫生、護士一個接一個，閉著眼睛，雙手合十，對著我的嘴巴許願……

第二次喉嚨痛，我拉著風尾巴跑到醫院。

「你昨天又吃了什麼？」醫生皺起眉頭。

「三顆火龍果。」

「沒道理，」醫生說：「我昨天也吃了三顆火龍果。」

我發現醫生戴上了防毒面罩。「你的喉嚨裡有一座火山！」

「火山？啊，我想起來了——我昨天有夢到火山。」

「哈，怪不得！」醫生懂了：「夢從你的腦袋瓜裡掉進喉嚨，卡在扁桃腺上！」

醫生又翻查了一下《火山大全》。「乖乖，這種火山只有義大利才有，岩漿溫度高達一千多度！護士長，快幫我接消防大隊！」

一群救火英雄全副武裝，在我面前排成一條長龍。

「到喉嚨裡滅火？乖乖，這還是第一次。」消防隊長立刻接起長長的水管，抓穩噴頭。「咦……噴頭比小朋友的嘴巴還大？這可真傷腦筋。」

還好我夠聰明。「要不要用水槍？」

「好主意！」消防隊長立刻從玩具店裡買來三打水槍，一人兩支，輪流朝我的嘴巴猛射，連醫生、護士都來幫忙！

「哈，好像在打電動。」

「耶，隔著三公尺遠，我一樣射得到。」

「嘿，我是雙槍俠。」

「快點、快點！換我了。」

「哇，好久沒玩水槍了，真懷念小時候呀！」

等到醫生、護士、消防隊員噴得一身濕，我的喉嚨終於清涼下來。

「只是暫時止住。」醫生開了一堆消炎藥給我。

「對了，在扁桃腺消腫以前，你必須戴口罩。」醫生又仔細叮嚀我：「不然，你喉嚨裡的火山灰如果飄出來，整個台灣島都會遭殃。」

嗯，為了台灣島的安全，我只好乖乖戴上口罩，每隔五分鐘就噴一次消炎藥。

有好長一陣子，我沒再感冒，偶爾溜到城裡玩，路上遇見醫生，他總是回頭望著我。那眼神，嗯……就像隔著玻璃櫥窗盯著玩具瞧的小男生。

當我再一次喉嚨痛，醫生在大門口迎接我。

「乖乖！你這一次……喉嚨裡在大塞車呢！」醫生用手電筒仔細照著我

71 喉嚨裡的流星雨

的喉嚨，「嘖嘖，好像全台北的車都擠到馬路上，紅綠燈還胡亂閃。」

他壓壓我的舌頭，裡頭傳來一陣急促的喇叭聲：「叭！叭！叭！」

「嗯……基於職業道德，我必須告訴你……」天氣冷，醫生的舌頭好像被凍僵了。「要你的扁桃腺不再作怪，只有一個辦法──把它割掉。」

割掉？怎麼可能？如果你有一個這麼棒的扁桃線，你會捨得割掉它？

看我一直搖頭，醫生的表情一下子放鬆下來，舌頭也飛轉起來，吹出「咻！」的一聲口哨，只見他雙手興奮揮舞，大聲呼喚：「護士長，快、快！快打電話叫交通警察來！喔，對了，順便找一本《交通手勢指南》給我，狀況緊急，我得立刻來幫忙呢！」

II 二十四小時不打烊的小學

六歲，我開始上「小學」。

我的「小學」，教室大得沒有邊界，學生少得只有我一個，老師來來去去從不固定。

我的第一個老師是小狗，一隻流浪狗。

我第一次碰到他，是在村子口。他揹著夕陽走過來，一跛一跛，好像破了胎的腳踏車。

「哈囉，你好！」我對他招招手，「你叫什麼名字？」

「名字？」他想了一下，清清喉嚨，像吹口哨一樣的說：「小乖小白來福捲毛，喂！笨狗蠢狗癩皮狗啞巴狗髒狗死狗流浪狗，嚇！滾！」

「哇，你的名字好長呀！」我好驚訝。

「是嗎？我還覺得太短了。」流浪狗說：「很久沒有人給我取新名字了。」

我看著他的眼睛，深深的看著……

對了，要跟小狗說話，你一定要看著他的眼睛，看進眼睛深處。在那黑窪窪的，像針尖一樣閃動的地方，有一個很微小的語言開關，晶晶亮；看進去，對上了，你就能聽到他說話。不過，不同動物的語言開關都不一樣，如果碰上大猩猩，你瞪著他的眼睛瞧，可會換來他的大拳頭喔！

「你一定很喜歡第一個名字吧？」我覺得「小乖」這個名字很可愛。

「那當然。」他頭一偏，盯著頭上方的蚊子。「我叫小乖時，一天吃兩餐，還是不同牌子的罐頭喔！叫小白時，有香酥酥的大雞腿；叫來福時，啃雞骨頭，上頭偶爾還帶一點皮；叫死狗時，我最常吃的就是踢過來的皮鞋……」

「叫流浪狗時呢？你吃什麼？」

「各種丟過來的大石頭、小石頭呀……」他又盯著蚊子，好像在打量那一點會飛的「芝麻肉」好不好吃？

我回家找出半碗飯，拌了點碎肉，放在地上。「給你！」

他搖搖尾巴，湊近碗，聞了聞，慢慢吃起來。吃完，他把嘴巴舔乾淨，挺直腰，很認真的看著我：「很香！謝謝你。你是好孩子，手上沒有石頭。」

這是我學會的第一堂課：再餓，也要吃得有尊嚴。還有，道謝時，要認真的看著對方的眼睛。

我的第二位老師是小貓咪。我本來以為她是貓咪姨養的，但是貓咪姨搬進城，她卻了留下來，改到阿海伯家吃飯。「嗯，房子更大……新廚師也還可以。」她偶爾也跑去阿星叔家。「妙！」一聲，像高傲的國王，等著魚送上來。

高興時，她會跟我玩；不高興時，理都不理我。

這是我學會的第二堂課：要讓自己像一位尊貴的王，要讓自己隨時都保有選擇權！

當我蹲下來，小螞蟻就跑來教我。「別偷懶！要動！要工作！要勤勞！」

小蝸牛卻說：「不要急，慢慢來，生活就是要悠閒；發發呆，最健康。」

我還不知道他們誰說得對。

如果我抬起頭，小白雲就來代課。「注意看，我像什麼？」

小白雲脾氣好，不管我說什麼，他都說對。

春天，小燕子會來幫我補課。「冬天南下，春天回來。離開是為了追尋；回來，是為了歸根。」

不過，他沒有告訴我離開家，要去哪裡？要去尋找什麼？

「那要等你自己去發現！」小燕子在空中飛來飛去，剪空氣、剪海風、剪陽光、剪花香、剪樹影……剪一切他想留下來的回憶。

媽媽很滿意我的學校。「這個世界不收錢，太陽、月亮又管理得好，你要好好學。」

我點點頭。不用等上課鐘，不必寫作業，連「上學去」都不用，真好！

我的老師都比我小，每次我學到的，都是小小一點兒。我愛我的「小學」，我愛我的「小學老師」。

我還喜歡遠距離教學的小星星。每天晚上，只要一抬頭，每一顆小星星都眨著小眼睛，對我說：「哈囉，我在這裡！」

我不知道他們要教我什麼？

不過，當我長大，遇到挫折時，只要一抬頭，聽到那一聲：「哈囉，我在這裡！」我就又全身充滿了能量，手腳來勁，覺得——

嗯，活著真好！

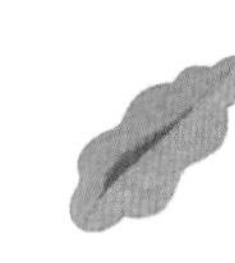

12 認養名字！誰要認養一個名字？

「阿旺！」我對流浪狗說。

「耶，我又有新名字了！」流浪狗好高興。「我現在叫小乖小白來福捲毛，喂！笨狗蠢狗癩皮狗啞巴狗髒狗死狗流浪狗，嚇！滾！阿旺！」

「不對。」我搖搖頭。「你就叫阿旺。」

「不行哪……」流浪狗說：「那一長串名字一直塞在我的耳朵裡，『阿旺』只能排在最後面。」

「是嗎？」我蹲下來，拉起他的耳朵。果然，裡頭黑痲痲一團！

「有了，我幫你掏出來。」

我先用小指頭摳出那一長串名字的黑尾巴，然後，用食指和大拇指把它夾出來。

一長串黑壓壓，像灰塵一樣皺巴巴的髒東西掉了出來。

我在樹底下挖了一個洞，把它埋進去。

「好啦，你現在的名字是——阿旺！」

阿旺甩甩頭，眼睛充滿了電。

「耶，我是阿旺！」他猛搖尾巴，連影子都快飄起來了。

可是，第二天一早我就看到他在樹底下刨洞。

「你在幹嘛？」

阿旺有些不好意思。「我的名字在叫我，它們想出來，它們需要我。」

「阿旺！」我罵他：「它們已經不是你的名字了，你不需要它們。」

「可是……」阿旺臉紅了，「我聽到它們在哭……」

「是嗎？」我趴下去聽，「咦……真的！」

好多小聲音在地底下哭，好像被遺棄的孤兒。

「我不介意它們回到我身上，」阿旺又開始挖，「反正……我也習慣了。

嗯，我的耳朵可以叫小乖、眼睛叫來福、尾巴叫小白……」

79 認養名字！誰要認養一個名字？

「不行，你是阿旺，不是雜名字狗。」

「可是……它們好可憐喲……它們跟了我這麼久……」阿旺好像也快哭了，「地底下那麼黑……」

「嗯……我來想想辦法。」我繞著樹走，想啊想，「有了，我們來幫它們找新主人！」

我拍拍阿旺的頭。「快去通知大家，需要名字的都來樹下集合。我現在就把名字挖出來。」

半小時之後，「名字認養大會」開始了！

我把那一團糾結在一起的名字，輕輕拉展開來，一個一個排好。

大概是剛剛哭過吧，它們現在好乾淨，一點也不黑壓壓，還泛著不同的光澤呢！

「小乖——誰要？」我問。

好多小手都舉起來。

猜拳結果，由小蝸牛得到。「耶，我是小蝸牛，也是小乖牛！」

「來福——誰要？」

一隻蜘蛛舉起手。「我每天都要把它織在網子上，送給世界。」

名字晶閃閃，亮了一下，好像又哭了……

「小白——誰要？」

「我！」小黑蚊說：「嘻嘻，我想讓自己有一點兒白。」

「捲毛——誰要？」

一朵蒲公英舉手。「我要！我要帶著它一起去吹風。」

「喂！——誰要？」

「我要！」一隻麻雀說：「我可以天天跟大家打招呼。喂！喂！喂！——

喂！喂！喂！」

「笨狗、蠢狗、癩皮狗、啞巴狗——誰要？」

沒人舉手。

「髒狗、死狗、流浪狗——誰要？」

沒人舉手。

81 認養名字！誰要認養一個名字？

「都給我吧。」大樹說：「明年，我會把它們開成笨狗花、蠢狗花、癩皮狗花、啞巴狗花、髒狗花、死狗花和流浪狗花！」

「謝謝！」阿旺說：「我一定常常來給您澆花！」

認養大會繼續。

「嚇！——誰要？」

一隻小螳螂舉手。

「滾！——誰要？」

一顆黑石頭舉手。

認養完畢，大家都好開心。名字也好開心，它們跳到新主人的耳朵上，變成一道小小的閃光，「咻！」一聲鑽進去……

小螳螂舉起鐮刀手。「耶，我是嚇！嚇——誰敢欺侮我？」

黑石頭高興的滾走了。「我是滾！我要一路滾下去！滾喲滾——滾喲滾——滾到天涯的盡頭——」

阿旺也好高興，連叫聲都變得不一樣了。「旺！旺！旺！我是阿旺！從頭到腳都是阿旺喲！旺！旺！旺！」

我們開心的衝到海邊，又衝回村子，一共來回衝了三十三次，一直衝到太陽掉進海裡濺起了三十三顆小星星。

13 叫影子一聲「老祖宗！」

「旺！旺！旺！」一大早，阿旺看到我就跳起來想親我。

他的身體在半空中拉長了一下，像壞掉的彈簧，咻地砰咚，歪歪斜斜的跌滾下來……

他忘了自己的左後腳跛了。

「哎呀，我真笨！」我跑回家，找出木頭，敲敲打打，再用繩套纏了纏。

「這叫滑板。」我把纏好的滑板綁在阿旺的跛腳上。「現在，你是滑板狗阿旺！」

阿旺的眼神閃閃發亮，就像他的腳正跨站在火箭上。

「來，試試看，滑一下。」

阿旺試了好幾次，身體彎彎扭扭，一直衝去撞樹。不過，那「勇往直前」的架勢，怎麼看，都像是充滿潛力的衝浪好手。

阿旺摔了好幾次筋斗，終於抓到訣竅。他三腳齊奔，開始飆滑板。

「哇，風又變年輕了！好涼快喔！」他的尾巴像風帆一樣擺動。

「耶，鼻子也通了！」他的鼻頭上揚。

他甚至還學會在半空中翻筋斗，就像在半空中衝浪。

阿旺得意的在村子裡衝來衝去。

「咦，有人！」阿旺一個急煞車，停下來，對著貓姨咪留下來的空房子大叫。

「怎麼可能？」我走進去。「咦……真的有！」

一個白色的影子坐在客廳裡，或者應該說「坐」在半空中。

「你是誰？」真奇怪，我進來好幾次怎麼都沒瞧見？

「小子，我是你的老祖宗。」白影子說。阿旺低聲咆哮，一直瞪它。

「老祖宗？」

「就是你爸爸的爸爸的爸爸的爸爸……嗯，大概要把這一頁都寫

滿了才數得到的爸爸！」

「哇，那您不是有好幾千歲了？」對老祖宗我可不敢說「你」。

「也許吧，我不記得了。至少，也有五、六千歲吧！」

「您在這裡幹嘛？」

「看電視呀！」白影子轉過頭。「村子裡就這一間房子有電視，可惜主人搬走了。還好，第四台費用是年繳，還沒到期，電子訊號還天天傳送過來。」

我注意看，果然，它對面的白牆壁上，隱隱約約，有一些光影。

「傢俱搬空了，不過，它們的影子溫度還可以維持一段時間，想喝果汁也行喔！」

被它一說，我看到屋子裡又變回貓咪姨搬家前的模樣。只是，那些傢俱、擺飾都像是被橡皮擦擦過，只浮現出一點淡淡濛濛的影子。

「要不要來一杯可樂？」白影子跳下淡淡的椅子，打開淡淡的冰箱，取出淡淡的可樂。「啊……我忘了，你不是上一等人，沒辦法喝。」

「上一等人？」

「換你們的說法，嗯……」白影子的手指在下巴上搓了搓。「就是死掉的人。」

「您是鬼？」

「我是你的老祖宗！」白影子糾正我，「你如果乖乖聽話，不告訴別人。下一次，我就把我累積了五、六千年的知識都傳給你。」

「知識？」我明白了，白影子不是我的老祖宗。

我手一揮，阿旺衝上去咬住它的左腳，我抓住它的右腳。

「喂喂，你們要幹嘛？」白影子跌仰在地上。

「拉你去曬太陽啊！老祖宗，我們海拉雅人最喜歡曬太陽了。」

「別……別……別呀！」白影子嚇壞了。「好好，我說我說……我不是你的老祖宗……我……我……我是流浪鬼！嗚……好難受，嗚……你們都不懂流浪的痛苦……」

阿旺鬆開嘴，「旺！旺！」叫了兩聲，聲音變溫柔了。

「流浪鬼？」我也鬆開手。

87 叫影子一聲「老祖宗！」

白影子點點頭，坐起身，流下白白的眼淚，撫著白白的腳。「我流浪了好久才找到這一間空房子，嗚……現在，又要去流浪了……」

「你不用去流浪。」我說：「只要你不騙人，就可以住在這裡。」

白影子擦擦白眼淚，點點頭，開心的站起來。

「那……我可以當二房東嗎？」

「什麼？」我沒聽懂。

「村子裡……空房子這麼多……」白影子支支吾吾的說：「我可以當二房東，把它們租給其他的流浪鬼嗎？」

「隨便你。」我很大方。「不過，你們不可以出來嚇人。不然，我就把你們統統抓出去曬太陽！」

「遵命！」白影子說：「謝謝主人！」

就這樣，我認識了白影子。

14 當影子的影子

白影子教我的第一件事，就是和影子說話。

「首先，你要唸一句『開影咒』，然後，你就可以跟影子說話了。」

咒語好難。「烏里黑，黑里烏……」好像蛀牙蟲在嘴巴裡做伏地挺身，我學了好久才記起來。

「謝謝！」我說。

「不謝。」白影子拱拱手。「這咒語，算是我繳給你的房租。對了，你要記住，和影子說話要看時間。正午時，影子短，你可以命令它；傍晚時，影子長，你只能求它。」

我不想命令我的影子，也不想求它，我只想跟它聊聊天。

於是，我挑了一間空房子，在上午唸了「開影咒」。

89 當影子的影子

「你好！」影子一開口，我就差點跳起來，耳朵好像被口香糖黏到。

老天，是女生的聲音！

我看看四周，還好沒有人。我盯著阿旺，阿旺也沒有笑。

我這才敢繼續跟影子說話。

「你……是女生？」

「對呀，不行嗎？」影子插起腰。「人有男生、女生，影子當然也有男生、女生。」

嗯，有道理。好吧，算我倒楣，正好碰到一個「女生影子」。

「那你……多大了？」

「阿傻咕！」影子笑我，「當然跟你一樣大。」

哈，對嘛，我真笨。

「騙你的啦——」影子又一本正經的數起她的影子手。「嗯，我大你……大概二十萬歲吧！」

「二十萬歲？騙人！怎麼可能？」我突然覺得影子變得好重。

「你以為你是我的第一個主人？」影子哼了一聲。「自有人類以來，就有我了！我不知道輪迴過多少次，還當過動物的影子呢！這一次算你運氣好，輪到你。」

哇，影子也會輪迴？我還是第一次知道。

「我……表現得還可以吧？」想到前面有那麼多「主人前輩」，我有點緊張。

「馬馬虎虎，還不錯！」影子說：「不過，還可以再加強。」

「怎麼加強？」

「玩些不一樣的啊！」

「譬如說……」

「譬如說，走在沒走過的東西上。」

「怎麼走？」

「要我教你嗎？」影子問。

「嗯。」我點點頭。

91 當影子的影子

「可以。」影子說：「不過，我們要暫時互換一下——你來當我的影子。」

咦？好像很好玩！我跟影子打勾勾。

咻——我一下子就橫倒在地上，變成一個「立體的彩色影子」。

「耶，自由嘍！」影子開心的跳起來。

她走上牆，倒走過天花板，又走下牆，站在大門口。

我也被拖著走過牆壁、天花板，倒著走了一圈。嘻，真好玩！

影子一手插腰，一手扶著門框，頭朝左右擺了擺，好像在欣賞自己的站姿。

「嗯，帥！」她終於看滿意了，開口「吆喝！」一聲，放開腳往前衝。

一股強勁的風拉著我往前衝，好像有一台強力吸塵器在前頭吸著我。

影子一路沿著房屋的外形踩過去，我被拖著跑，也爬上牆壁、踩上屋頂、又飛跳下來……

影子直直衝進大海，在大海上又跑又跳，踮起腳尖踩著浪花。

93 當影子的影子

「哈，這叫浪花之舞！」她開心的說。

可惜我只能跳「咕嚕咕嚕舞」，全身浸在浪花裡，上上下下……好幾隻魚穿過我的身體，好像穿過空氣。

一隻海鷗飛過來，影子一伸手，抓住牠的腳，跟著往上飛。

哇，被海鷗拉著飛？如果是平時，根本不可能！

海鷗一飛高，影子就跳上一朵小黑雲。

我橫躺在雲上，轉過身，面朝下。

哇，這樣子看世界真刺激！

小黑雲飄進另一朵大烏雲，「轟隆！」「轟隆！」變成雨絲落下大地。

影子抓著雨絲滑下來，我也跟著往下滑。哈！要不是變成「影子的影子」，我哪有可能這樣子玩？

我們又回到空房子。換回身分之前，影子說：「下一次，我帶你去海底世界探險！」

「一言為定！」我們用力打勾勾。

嗯，我的影子雖然是女生，卻是一個「愛玩又勇敢」的女生！我喜歡。

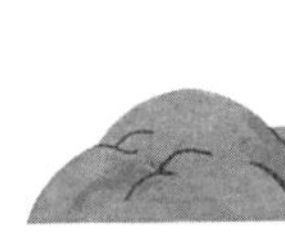

15 滾呀滾！滾出一個夢

媽媽知道我看到了白影子，用那雙沾滿了泡沫的手在我的臉頰上搓呀搓，又盯著我的黑影子瞧了好半天，才說：「唔，是時候了，你該去海拉雅洞了。」

「海拉雅洞？在哪裡？」

「我也不知道。」媽媽搖搖頭。「你走到海拉雅山，找到最高的樹，爬上去，對著天空大聲喊出你的名字，山就會帶你去海拉雅洞。」

喔，這麼好玩？「那……要去多久？」

「你爸爸沒說。」媽媽好像一點也不擔心。「不過，時候到了，你應該就會知道。」媽媽抹乾手，不洗衣服了。她挑了一件爸爸的衣裳，裁短了，織啊織，縫啊縫，還把我洗得乾乾淨淨，才叫我穿上。

睡。

晚餐後，媽媽蒸好一大籠饅頭，晚上，又把我像饅頭一樣，摟在懷裡

第二天一早，她把饅頭塞滿背包，讓我揹上，就趕我出門。「對了，叫阿旺陪你去，他可以當你的導盲犬。」

什麼嘛？媽媽在說什麼呀？

我走出村子，阿旺早就跟在我後頭了！

走進海拉雅山，我繞了好幾圈才找到最高的樹。我爬上去，站在最高的樹幹上，往四面八方看。還沒到中午，陽光很溫柔，不太烈，綠樹閃閃，風一吹過，枝葉翻動，好像整座山都變成了綠色的大海洋。

我清清喉嚨，大聲喊：「天空好！山好！大海好！我是海拉雅人，我叫阿笑咕！」

遠處，海洋輕輕晃動，好像不太起勁。

近處，什麼事也沒發生。

我忽然想到，我應該喊出我真正的名字。

97 滾呀滾！滾出一個夢

重來一次！

「哈囉！天空好！山好！大海好！我叫——酷那波希旺！」在海拉雅話裡，「酷那」是「陽光」，「波希」是「大海」，「旺」是「微笑」，我的名字就是「陽光・大海・微笑」。

樹下，阿旺猛搖尾巴，拚命蹦蹦跳跳。「旺！旺！旺！旺！原來你把名字最尾端的字送給我了？旺！旺！旺！旺！怪不得我的叫聲這麼特別！」

阿旺好興奮，繞著樹猛轉圈圈。

四周依然一片安靜……

我等了好久，連松鼠搖尾巴都聽得一清二楚。奇怪，媽媽會不會記錯了？爸爸一定還交待了什麼吧？嗯，我還是先回家問清楚再來。

我一邊想，一邊順著枝幹慢慢往下爬，忽然，腳底一打滑，不知道是我放開了樹，還是樹放開了我？我一個倒栽蔥，摔了下來。

半空裡，我趕緊彎腰、抱腿，把自己抱成一顆球，像水母飄一樣。

大地「咚！」一聲接住我，力道好強，我背上一陣劇痛。（這一下，饅頭大概都壓扁了吧？）

「咕咚～～咕咚～～」我像球一樣滾了起來，滾呀滾，路上的落葉、雜草裹滿我的四肢，塞住我的耳朵，矇住我的眼睛，堵住我的鼻孔，塞滿我的胳肢縫、手指縫、腳趾縫，還有上上下下所有我不知道應該怎麼稱呼的大縫隙、中縫隙、小縫隙……塞得密不通風、厚不龍咚，連心跳聲都裹了起來，「撲通！」「撲通！」一直往前滾……

剛開始，我還聽得見阿旺在後頭追著我叫，聲音悶悶的，遠遠的……然後，不知道是我滾得太遠還是耳朵失靈了，我只聽得見腦海裡殘留下來的「阿旺」聲，再不久，連那聲音也消失了……

我不知道這是怎麼回事，也不知道應該怎麼辦。

又不知道過了多久（怎麼有這麼多「不知道」呀？），一陣劇痛讓我停了下來。我發現自己好像卡進了一個山洞裡。

我沒有辦法動。

落葉和雜草把我裹成了大粽子，密匝匝，厚實實。

99 滾呀滾！滾出一個夢

所有感官都被封閉。我不能動，不能看，不能聽，不能聞，不能說話，只有腦袋瓜子還能胡思亂想……

過了一天一夜，還是兩天兩夜？或者——更久？

時間好像也消失了。

什麼都消失了。

只剩下我的胡思亂想。

我看到一大片海，海上冒出一座島。

島越長越大、越長越大，大到長出了樹、長出了動物、長出了人……人在跳舞。

一群人手牽手圍著樹跳，圍著山跳，圍著島跳，跳呀跳，一邊唱歌一邊跳到海面上。

「吆喝，把海水叫起床呀！」他們圍著浪花跳舞。

「吆喝，把魚兒叫起床呀！」他們飄起來。

「吆喝，把陽光叫起床呀！」他們升上天空，圍著雲跳舞。

「吆喝，把世界叫起床呀！」他們雙手抓起雲絮，搓啊搓。他們在造雨！

「吆喝，把心叫起床呀！」彩虹般的雨水不斷落下。

「吆喝，把懶惰的子孫叫起床呀！」雨水嘩啦啦，全都灑在我身上。

人群中，老頭目轉過身，濃濃的大眉毛下，一雙大眼睛直直瞪向我。

「小子，還不起床！」

我一驚，醒了過來。

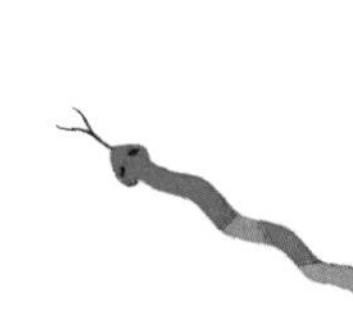

16 用世界的眼睛輪流看世界

「好渴！」一條河水大概都不夠我喝吧？這是我的第一個念頭。

「好餓啊！」一隻山豬我也吞得下！

腦筋轉了一圈，我想到背包裡的饅頭。

可惜我拿不到。

我的雙手不能動。

可是我又不能不動！落葉、雜草塞得我好難受，再不掙脫出來，我大概就要被悶死了吧？

手腳不聽使喚，我只好用牙齒。

咬呀咬，像蠶一樣慢慢咬、往上咬，我把落葉、雜草都往肚子裡吞。

一個小縫裂開，一個聲音鑽進來：「加——」

我再努力咬。「——油！」

「加油！旺！旺！旺！」呼吸道暢通了，聲音清楚了，我狂吸好幾口氣。

我努力掙扎出「落葉蛹」，耳邊響起阿旺的聲音：「旺！旺！你沒事吧？」

「沒事。」我動了動，手腳好僵硬。「不，有事……我覺得我好像變成蝴蝶了……阿旺，你在哪裡？」

「在這裡呀！」阿旺湊上來，舔我的臉。

慘了，我看不到他！

我四下摸了摸，發現自己真的滾進了一個山洞。山洞不大，上下左右只比「落葉蛹」再大一些，站起來幾乎頂到頭。

這就是海拉雅洞？怪不得媽媽不知道它在哪兒。（我差點笑出來，它根本就是被我撞出來的嘛！）

眼睛眨啊眨，我又確定一件事。「我不是變成蝴蝶，是變成盲蛇了！」

我在地上摸索，找出饅頭，撥了兩個給阿旺，其他的一口氣全吃光。

103 用世界的眼睛輪流看世界

我好不容易站起來。「好渴呀！」

「跟我來！」阿旺在前頭帶路。（難道，他真的變成導盲犬了？）

水聲潺潺。「這七天，我都是在這一條小溪裡喝水。」阿旺說。

七天？我居然昏睡了七天！我一倒頭，「咕嚕！」「咕嚕！」猛灌溪水。

「咦，這是什麼……泥沙！」

「哇，溪水都被你喝乾了！」阿旺大叫。

我站起身，這一下又有力氣了。

可惜世界黑黑的。

我伸出手往前摸，摸樹，摸花，摸草，摸眼前的一切……嗯，應該說是「手前」的一切。最後，我乾脆學盲蛇在地上爬，用全身去感受大地。

「你不會瞎了吧？」阿旺很擔心。「不過，別擔心，我會陪你一輩子。」

好兄弟，夠義氣！我伸出手，阿旺把頭湊過來，我摸了摸他。

那天晚上，阿旺睡不好。我知道，是因為我也睡不好。

還好，第二天，我又看得見了！

只是，世界變成了「紅外線世界」，所有東西都變成了色塊！紅色塊（熱熱的）、黃色塊（沒那麼熱）、藍色塊（好涼！），還有一些我不知道應該怎麼形容的顏色……整個世界好像都燃燒起來，變成了一幅立體的彩色抽象畫。

我不太敢動，阿旺銜來一根樹藤。「來，牽著我。」

我把樹藤結成一條鏈子，繫在阿旺的脖子上。「阿旺，委屈你了。」

「不，這讓我想起以前。」阿旺說：「以前，我最喜歡跟小主人去散步！」

阿旺帶著我在山裡走，找果樹和新的小溪。

一路上，我們聽到響尾蛇的嘶嘶聲，阿旺警戒的低聲咆哮。還好，我們一整天都平安無事。

第三天，世界終於變回來了。只是，好奇怪呀！怎麼看，怎麼怪。我愣了好一會兒，才發現：世界變成平面的了！

我好像掉進一幅畫裡，只能感覺出哪邊是左，哪邊是右。我可以往前

走，也可以往後走，但是卻沒有立體的空間感，沒有上，也沒有下。一隻螞蟻爬上我的臉，觸鬚左點點、右點點，好像把我也當成了一幅畫。我也像螞蟻一樣摸索著慢慢走，深怕萬一跑快了，就把「世界」這一幅畫戳破了。

第四天，一睜開眼，世界變成了電視牆。我同時看到好多影像。

一隻蜻蜓飛過來，用尾巴敲了一下我的腦袋瓜。「哼，我們才不是這樣看世界的呢！我們的『複眼』是這樣子——」

咻，電視牆消失了。世界變成一個色彩模模糊糊，好像隔著毛玻璃在看馬賽克的拼圖。還好，光影的變化十分清楚，所有動作都變成了「慢動作」。蜻蜓飛走時，我連牠拍幾下翅膀都數得一清二楚。

不過，我還是比較喜歡「電視牆的世界」。

想一想，有「三萬個螢幕」的世界，不就像同時收看三萬台電視？如果，它們還能各自放大、縮小，一定更好玩！

嗯，有一天，我一定要把這能力找回來，把世界當成萬花筒！

17 把眼睛調成「電視頻道」

每天晚上，星星一點燈，我就回到海拉雅洞，鑽進我的「落葉蛹」。被我咬出一個開口的落葉蛹像是一個睡袋，只要鑽進去，縮起手腳，我就好像回到了媽媽的肚子裡。

每天早晨，我一睜開眼睛，世界就變得不一樣。

我想，我是輪流在用動物的眼睛看世界吧？同樣的世界，看在不同動物的眼睛裡，竟然如此不同，真令我驚訝！

一天清晨，耳朵裡響起一陣老鷹的哨聲，像鬧鐘一樣把我喚醒。我知道：今天要用「鷹眼」來看世界了！

果然，睜開眼睛，我就像戴上了超級望遠鏡。

「阿旺！三公里外有七隻伯勞鳥被鳥網纏住了。」

107 把眼睛調成「電視頻道」

「旺！旺！旺！我們去救牠們。」

「好！」

我們飛奔過去，翻過三條小溪，把伯勞鳥放回藍天。

「阿旺，十公里外，有一隻小猴子困在沙洲上。」

「旺！旺！旺！我們去救牠！」神犬阿旺又溜起滑板往前衝。

一整天，我們幾乎跑遍了整座山。晚上，我們把紅通通的腳趾頭泡進溪水裡，心頭一陣清涼。

第二天，「耳朵鬧鐘」變成了馬的嘶鳴聲。

我睜開眼睛，發現世界變成了一個「超級寬的螢幕」，寬得嚇人！

「阿旺，我們來打賭好不好？」

「好呀，賭什麼？」

「賭後面有什麼。但我們誰也不准回頭，輸的負責找三餐水果。」

「好呀！旺！旺！」

結果，阿旺找了一整天水果。

我贏得很心虛。因為我不用轉頭，就可以看到後面。（所以，沒人教我，我也知道沒事別站在馬屁股後面；馬想踹你，根本不用回頭！）

只可惜，兩眼之間有一小塊區域變成了視覺死角，黑黑的，看不見。我只好學馬低下頭，左右晃著看。

這樣實在很難受，好像在甩脖子趕蒼蠅。我一生氣，用力一眨眼……哇，好像啟動了遙控器，三百六十五度的世界出現了！我花了好長時間，才終於習慣這種「沒有死角的世界」。這下子，連能把頭往後轉的貓頭鷹都沒我厲害了！

「旺！旺！旺！你的眼睛好紅，好像在發高燒。」阿旺說。

我也嚇了一跳。

我的眼睛已經超越了動物的眼界，它想嘗試更多，它想發掘更多可能。

晚上，我一抬頭，天上的星星清楚得就像水晶球。

「阿旺，織女星上有好多航空站。它們的標幟都不一樣，好像來自不同的星系——哎呀！」我腳下一空，摔了一跤。

109 把眼睛調成「電視頻道」

我低頭一看，什麼都看不清楚。是什麼東西絆倒我？

「旺！旺！是樹根。」

我站起來，四周一片大霧，夜空上卻清清楚楚。

哇，我有千里眼，卻變成了大近視。（很久以後，我才明白：這就是「先知的痛苦」——瞧得見遙遠的大未來，卻看不到身邊的小坑洞。）

再一次，阿旺又變成我的導盲犬。

我的眼睛不斷升級，大白天，也瞧得見星星！我興奮的跟阿旺分享。

「阿旺，天狼星上有兩隊人馬正在打仗……」

「人馬座上有嘉年華……」

「獵戶座腰帶上，最左邊那一顆星，有好多機器人在郊遊……」

阿旺卻一直打斷我。「小心，有大石頭！」「小心，左邊有一個坑！」「小心，往右轉！別掉進溪裡！」「小心，快低頭……」

如果沒有阿旺，我大概會一邊微笑的看著星星，一邊「哎喲！哎喲！」的跌進山谷裡吧？

又一天，我的眼睛調到了另一個頻道。

月光下，我看到好多影子，大大小小排著隊，往海拉雅村飄去。（大概都是去應徵白影子的房客吧？）

一個月之後，我的「眼睛頻道」終於跑完一輪，盡興了，滿足了，也疲倦了。陽光下，世界又恢復了正常。

也許，在未來的某一天，我將學會如何切換「眼睛頻道」。不過，此時此刻，我只想好好看看這個世界。

用我最習慣的方式。

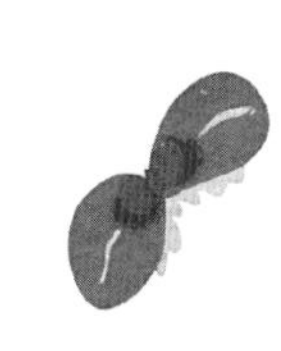

18 被世界的耳朵擊倒又救回來

眼睛正常了，我的耳朵卻開始發癢。

「哈！」我跟阿旺打賭，「這會兒，我的耳朵一定是要開始『變換頻道』，變成動物的耳朵。」

我賭輸了！換我去找三餐水果。

我的耳朵沒有像蟋蟀一樣，跑到小腿肚；也沒有像蟬一樣，跑到肚子下面；也不像飛蛾，跑到胸部；更不像公蚊子，跑到觸角的絨毛上。（想也沒辦法，我根本就沒有觸角！）

不過，我的耳朵變成了「風耳朵」。

這下子，風家族在說什麼，我都聽得一清二楚！

「小不點，看我推倒你！」風爺爺的聲音最強悍。他在大聲吼，想把海拉雅山推進大海；如果我沒聽錯，他已經這樣氣呼呼的，來來回回推了三千萬年。

風阿姨的聲音輕柔多了，她拉著白雲，搔著她的小腳丫。「哈囉，小姑娘，你今天想換什麼新髮型？」

風弟弟又跑又跳，撥開芒草，呵呵笑。「哈哈，找到你嘍！」一隻鵪鶉仰起頭，瞇起眼，也跟著嘻嘻笑。

風哥哥不知道在唱歌給誰聽：

我不在這，我不在那，我在我去的地方！
我不立正，我不稍息，我不睡覺我不停！
我的手是我的腳，我的眼是我的嘴，
我的耳朵是我的肚臍眼，
我的姿勢是我的姿勢！
我彈響世界，我雕刻時間，我是我的影子……

風妹妹跟在後頭，溫柔的輕聲吟唱：
藍是天空，綠是樹。
黃是檸檬，紅是火。
說不出來的顏色喲，是你的心！
把藍吹得更藍，
把綠吹得更綠，
你的透明是最神祕的顏色喲！
點亮了黃，吹旺了紅……
追著你的透明，我不思不想，緊緊跟隨。
追著你的透明，我化身成千百倍的透明……

呼呼呼——咻咻咻——窣窣窣——
東南西北的風遠遠近近，呼呼嘯嘯，一大群一大群，追追嚷嚷，來來去去，好像空氣中的大海潮、小浪花和點點冒出來的小泡沫……

第二天，我的耳朵變成了「雨耳朵」。

我聽到雨在哭！

不，不是雨在哭。是數不清「不知道是什麼的什麼」在哭……

好像是從洪荒時代就活過、存在過、出現過的動物、植物和非生物在哭！

哭他們／她們／牠們／它們那些早已經消失卻永遠也忘不了的夢……

哭他們／她們／牠們／它們都無法再真真實實的活著、呼吸著、快樂著、痛苦著……

哭他們／她們／他們／它們想摸、想抱、想親吻卻永遠也不能再摸、再抱、再親吻的世界……

那哭聲好沉重、好憂愁……一層層、一疊疊、一落落……好像千億年、萬億年醒不過來的夢，直直落下來……一聲聲，一句句，落進我的耳朵……

嘩啦啦……像時間的拳頭，把我擊倒……

淅瀝瀝……像宇宙的重量，把我壓扁……

滴滴答……把我的心都滴疼了、滴碎了、滴出了破洞……

115 被世界的耳朵擊倒又救回來

我全身癱軟，手腳無力，變成一張破漁網，一動也不動的癱倒在海拉雅洞……就這樣化成泥吧……

就這樣沉下去吧……沉下去……沉下去……

要不是阿旺，我真懷疑自己就要在雨聲中絕望的死去了……

阿旺舔著我、餵著我，抵著我，窩著我，守護著我……

我感覺得到他，卻完全聽不到他。

我滿耳朵都是雨聲……雨聲……無盡的雨聲……

還好，第三天……一股新生的氣息吹入了我的耳中。

我的耳朵變成了「樹耳朵」！

就像變魔術一樣，雨的悲傷變成了水的輕盈，還沾拂著陽光的溫暖。

我醒過來，手腳又能動彈。一股向上的能量，從丹田往上流竄，撥動了心的發條，讓我全身又熱起來、興奮起來。我走出洞口，大口吸氣，連靈魂的尾巴都歡喜得翹了起來！

啊，能活著，真好！

我看著滿山的樹，低下頭，向它們深深一鞠躬，謝謝它們救了我。

樹只是笑著、唱著、吟哦著我聽不懂的歌。

接下來幾天，我的耳朵又分別變成了雲耳朵、陽光耳朵、夢耳朵、心耳朵、石頭耳朵……許許多多的世界轉換成聲音，向我敞開大門……

對了，我的耳朵還改變過一次形狀。還好，只維持了一天。

如果要形容它像什麼？那就是——大象耳朵！

我搧了搧耳朵，身體居然輕飄飄的飛了起來。

我從這棵樹飛到那棵樹，從前山飛到後山，一邊吹著口哨，一邊想著：

哇，這麼大的耳朵能做什麼用呢？

那天晚上，我做了一個夢，夢到我在海上，像船一樣往前航。藍天在上，大海在下，風聲咻咻迎面襲來……

而迎風鼓鼓有聲、吹脹開來的，正是我的「帆耳朵」！

19 聞出世界的喜怒哀樂

眼睛正常了，耳朵正常了，換鼻子開始打噴嚏。

「旺！旺！旺！你要變出狗鼻子了嗎？」阿旺好期待。

「不要！」我猛搓鼻子，猛搖頭。

「為什麼不？狗大便、熊大便、羊大便都很香！」阿旺一直搖尾巴，慫恿我。「就連螳螂大便、螞蟻大便也很好聞喲！」

噁，不要、不要！我才不要變成聞大便的鼻子！萬一……萬一接下來又變成糞金龜鼻子、蒼蠅鼻子、蚊子鼻子……那不是天天都要聞臭味道了嗎？

不知道是不是因為擔心，還是因為我一直搓鼻子，我的鼻子「哈啾！」一聲，一下子就切換出了新的嗅覺細胞。

我聞到一股奇特的味道，從來沒聞過。（好像燒焦的電線裹上炸藥，又被閃電連續擊中一百次。)

那味道衝得我鼻子好難受，怎麼樣也甩不開。

沒辦法，我只好走出山洞尋找它的來源。

順著味道，我看見一隻山豬狠狠撞上一棵大樹，一根獠牙已經卡進樹幹，另一根獠牙還在使勁戳啊戳，好像要把樹刨開。

「可惡，幹嘛擋我的路？」山豬瘋狂大叫：「存心跟我過不去？哼，可惡！可惡！」

哈，原來我聞到的是──生氣的味道！

「山豬！你弄錯了。」我趕緊跑過去，把山豬「拔」出來。「那是樹！」

「哼，你是說我近視眼？」山豬身上的味道更難聞了。

「哈！你要去撞樹，那……還不如來撞我！」

山豬頭一轉，眼一瞪，我趕緊逃。

我衝上坡，山豬追上坡；我逃下谷，山豬追下谷。我跑得快，山豬根本追不上，不過阿旺也興奮的跟在後面跑，我沒有衝太快。

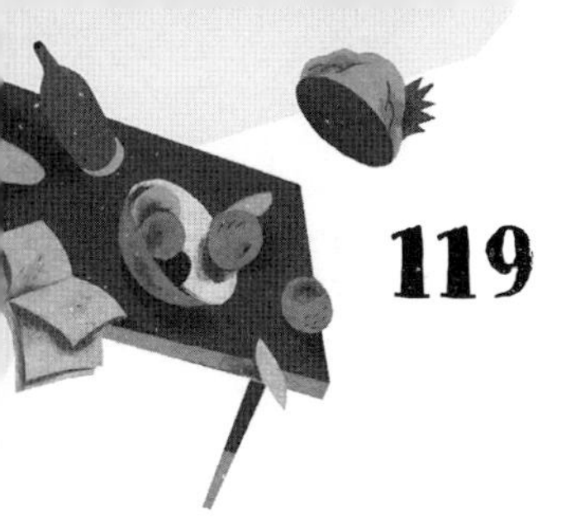

順著風，味道從後面追過來。哇，更臭了！

於是，我放輕腳步、讓風推著跑，山豬依然使勁的追。跑啊跑，追啊追……山前、山後……山上、山下……跑到阿旺都猛吐舌頭了，風中的臭味才漸漸變淡。

我又繼續跑，山豬繼續追，我回過頭，山豬越跑越慢，最後腳一軟，癱在地上。

我折回去。耶，味道消失了！

累乎乎的山豬，不瞪我了。牠張著一張大嘴巴，「呼嚕呼嚕」直喘氣……「運動治百病！」這是媽媽說的，連生氣都治得好。

只可惜，我的鼻子還是不得閒，濃濃淡淡的臭味此起彼落。

蹲下來，我看到兩隻獨角仙在「鬥劍」；抬起頭，麻雀在追綠繡眼；撥開草叢，兩隻螳螂在打架……

再仔細聞，連一棵樹上都散發出好幾十種臭味道……真是「生氣勃勃」的山呀！

第二天，一股硫磺味混雜著焦濁的酸臭味嗆進我的鼻孔。

順著味道，我看到一隻烏鴉在五色鳥背後嘀嘀咕咕。

「啞啞啞！穿的什麼衣服呀？又青又藍又紅，醜死了！」

樹上，松鼠在笑飛鼠：「哼，飛得又沒老鷹快，還那麼愛現？」

一隻黑兔盯著白兔的背影，眼睛越來越紅……

哇，妒嫉的味道也好難聞呀！

就這樣，一天接一天，我聞到了緊張的味道、快樂的味道、傷心的味道、興奮的味道……每一次，每一種味道都充滿了整座山，讓我好驚訝！想不到，山裡的氣味這麼豐富又這麼複雜。

其中，我最喜歡聞戀愛的味道。香香的，好像月光下的茉莉花在跳舞；成雙成對的影子，就像花香釀出來的蜜。

害怕的味道讓我最不舒服！聞得我血液發涼，手腳都想縮回身體，心還像烏龜一樣探不出頭。懷疑的味道也不好聞，漂浮變化，固定不下來，好像這個世界藏著一個大祕密，還長著另一副面孔……

121 聞出世界的喜怒哀樂

一天清晨，我走出洞口，一陣熟悉的味道竄進鼻孔。

「哇，什麼味道？好臭！」我大叫一聲。

「不好意思，我剛上完大號。」阿旺說。

「嗯……」我捂住鼻子，瞪著阿旺，下一秒鐘，我又鬆開手，開心的看著阿旺，大口呼吸。

「哇，果然是，真的是——好臭啊！」我開心大笑。

耶，我的鼻子又恢復正常了！

20 ── 聽見地球的心跳

眼睛→耳朵→鼻子……接下來會是什麼呢？

皮膚變成變色龍？頭髮捲成獅子鬃毛？屁股像螢火蟲一樣閃閃發光？還是──長出猴子尾巴？

我又緊張又好奇，心臟開始越跳越快……

「怦！怦！怦！」我坐不住。

「怦！怦！怦！」我跳起來。

「怦！怦！怦！」我衝出海拉雅洞。

「怦！怦！怦！」我跑呀跑，跑得比世界還快！

我放步狂奔，心跳每分鐘291下，比老鼠還快一下。

我繞著山，跑圈圈，阿旺追不上我。

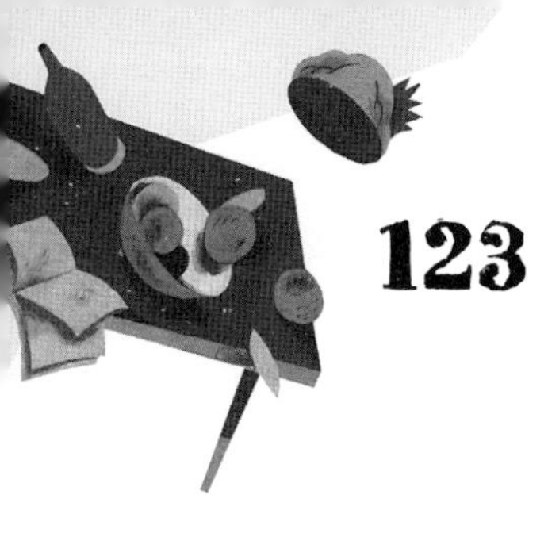

我卻一直追過他。

追過一圈，又一圈，再一圈……

心跳繼續加快。

我看到花、草、樹木迅速生長。

葉苗青、葉子綠、葉脈紅、葉片枯……花苞成形、花蕾綻開、花瓣紛飛……

而且，每追過一圈，阿旺都變得不一樣。

他先是變大一些，然後，像風乾的肉乾，逐漸皺縮起來……眼睛沒了光……背兒垮了……腳步變慢……肚子軟貼到地上……最後一圈，我看見一隻老狗顛簸了一下身體、倒進草叢，不再掙扎。

「阿旺！」我停下來，抱著阿旺，眼淚湧出來。

淚水沾濕了下巴，滴濕了阿旺的額頭。

「幹嘛？」阿旺打了一個大呵欠。「你在哭什麼？」

心跳靜下來。

緊抱著阿旺的雙手鬆開來……我挪開下巴，不再蹭著他的腦袋瓜。

我驚訝的看著阿旺。

我不敢說——不敢說我看到他死了！

阿旺一個翻身，抖抖毛。

我摸摸他的心跳，一分鐘90下，跟以前一模一樣。

我再摸摸自己的心跳，咦，變32下了，跟烏龜一樣！

世界沒慢下來，我卻慢了下來。

「走，我們去摘芭樂！」阿旺在前頭帶路。

我怎麼也跟不上。

所有東西都變得好快。

心跳繼續變慢……不斷變慢……連蝸牛散步都比我快了……

「怦——怦——怦——」

「怦—」

心跳停止。

125 聽見地球的心跳

我全身靜止。

「旺！旺！旺！你怎麼不動？」阿旺大叫。

我不知道。我連思想也快停止了。

我像雕像一樣，一動不動。（我只希望最後這個姿勢別太難看！）

阿旺「旺！旺！旺！」守護著我，像燕子守護著快樂王子。

一天又一天，我一動不動。

最初，我以為自己是樹，我聽到水聲由腳底往上流竄。

然後，我又以為自己是石頭。

我感覺到石頭的「心跳」，那是很特別的「心跳」，自己不跳，外面的世界跳。

世界越跳越大……越跳越遠……像漣漪一樣，擴散得好大、好遠……遠得觸碰到夢的邊緣……

夢門開啟，我看見一顆大石頭，在太空裡散步，走著走著，開始轉圈圈。

一圈又一圈，圈圈中間冒起一團火。

「好寂寞呀！」大石頭轉呀轉……

「好寂寞呀！」大石頭繼續轉……

它流出了淚水，鹹鹹的淚水積在一起，變成鹹鹹的海。

流星砸中了它！

它頭上腫起大大小小的包，每一個包都是一座山。

鹹鹹的海和大大小小的山，在宇宙中轉呀轉。

我融入大石頭，和它合而為一，跟著它轉呀轉，越轉越遠……

忽然，我聽見了大石頭的心跳。

雲的心跳，柔柔的……

山的心跳，痛痛的……

每一聲心跳裡，都回響起千億種心跳，把我吸進去、旋進去……恍惚中，我也快變成那一聲心跳了……

空氣的心跳，空空的……

海的心跳，鹹鹹的、稠稠的……

咦，還熱熱的，有一股濃濃的悶騷味！

我一驚，睜開眼睛，跳起來。

我的小腿肚上濕濕的、臭臭的……哇，是阿旺的尿！

「啊，對不起、對不起！這幾天你動也不動，好像雕像……」阿旺不好意思的說：「剛剛我做了一個夢，夢中尿急……我以為你是電線桿，一抬腿，就在你身上撒尿了……」

我摸摸自己的心跳，一分鐘，62下，正常！

我抱起阿旺。「阿旺，謝謝你！你是我的救命恩人——啵！」

阿旺的臉又紅了。

在人的身上撒尿，卻換來一個吻！他大概是全世界第一隻狗吧？

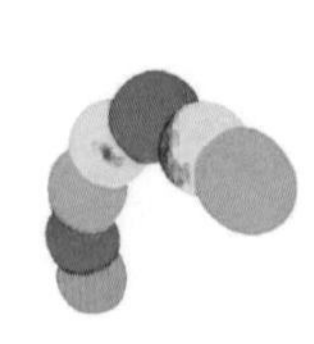

21 比101大樓還高

清晨，我不是被陽光照醒的，而是被癢醒的。

「奇怪，我怎麼覺得腳丫子冰涼涼的？還有小魚在啄我的腳趾頭？」

一定是做夢！我翻身又睡。

迷迷糊糊中，我聽見阿旺跑出去，好一會兒後又跑回來。

「旺！旺！旺！真的有小魚在啄你的腳趾頭！」

怎麼可能？我一縮腳，唉喲，好痛！膝蓋頂到山洞。

怎麼回事？海拉雅洞好像變小了，只罩住我的頭。

我兩手撐地，屁股往外蹭，蹭出洞外，坐起來……

眼前的景象讓我的眼睛差點跳出去！

我看到我的左腳長長的往前延伸，遠遠的伸進了樹林深處。

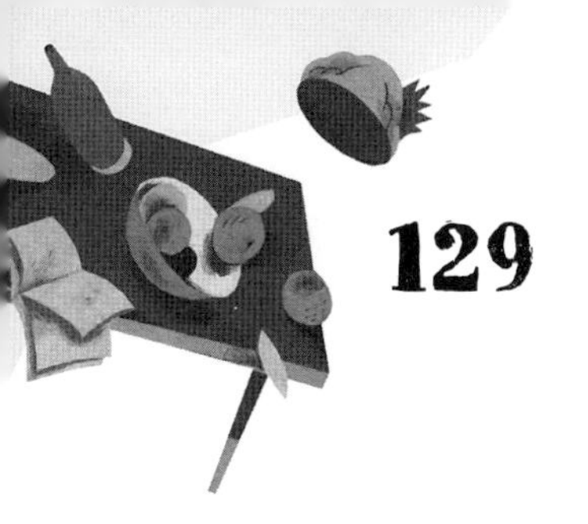

129 比101大樓還高

縮起來的右腳，五隻腳趾頭上掛著五條魚！

「旺！旺！旺！你真厲害，會用腳趾頭釣魚。」

哇，我的腳竟然在半夜裡長長了！

我站起來，老天，空氣怎麼變得這麼涼？

低頭看，呼，雖然沒有懼高症，我還是花了一點時間才適應我的腳丫子在那麼遠的地方。我動動腳趾頭，沒錯，雖然遠，那還是我的腳趾頭。

森林只到我的腰，遙遠的小溪變得近在眼前。

我把五隻魚「放」回小溪，這時，我才發現我的雙手也變長了。

「哇，我這次真的『變身』了！」我伸伸雙手，正好撥開兩朵雲。

我忽然想到：好險！昨天半夜我全身燥熱，把衣服脫了，不然，一定全都撐破了！

我採了些樹葉、藤蔓，本來想做一件褲子，一轉念，我伸手抓下幾朵雲，攏攏捏捏，壓實後，圍在腰間，做成一件「雲褲子」，剛剛好！

我舀了幾口溪水喝，又呼了口氣。好險！昨晚沒有倒過來睡，不然，身體一拉長，腦袋瓜不就泡進溪水裡了嗎？

腳又癢了，難道又有魚來啄我？

我蹲下來，原來是阿旺在舔我。

「旺！旺！旺！我叫了你好久，你都沒回答！」

「對不起，我沒聽見。」我把阿旺拎起來，放在頭頂上。

「旺！旺！旺！」阿旺興奮得四面八方轉，「我從來沒有這樣看過世界！」

「你現在比我還高喔！」我也四面八方轉，「很棒吧？」

「嗯！」阿旺在我頭頂上跑過來、跑過去。

當巨人真好玩！

小鳥高高低低，從腳跟一路飛到頭頂，好像在幫我量身高。

白兔在我的腳趾縫裡作窩，山羌在我腳背上蹓躂，飛鼠在我腰間翱翔，

猴子爬上我的肩膀，連之前那隻山豬也跑過來找我的腳趾甲磨牙……

挺直腰——嘿！我是海拉雅山上，最高的樹。

站著看不滿足，我想走出去，看看長高的世界。

「走，我們去環遊世界！」

「好，出發！」阿旺說話的語氣好像船長。

身上的動物全都想跟，我邁開大步往前走，像是活動的動物園。

嗯，只要跨個幾步，就能走下山吧？

可是，好奇怪！我一伸腳，山腳就往外延伸。我換個方向再試，還是一樣。

我跑起來，強風颼颼，好像颳起颱風，景物飛快往後退；我一停下，咦，怎麼山腳還在遠處？

嘿，怎麼可能？我又加快步伐，飆出最快的速度……

風景快得看不清！

我再次停下腳步，山腳卻還在前頭！

「真奇怪！」我忍不住想：「我長高了、長大了，海拉雅山好像也長高

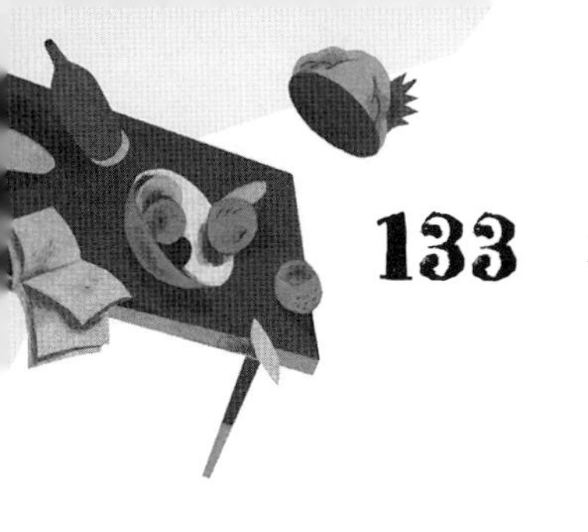

了、長大了……」

一整天，我都在山上打轉，不管怎麼試，我的腳就是追不過山的腳。

「好好好，我認輸——」我氣喘吁吁，舉起雙手投降。我不懂海拉雅山為什麼不放我出去？

「旺！旺！旺！沒關係，這樣也很好玩。」阿旺和一朵小白雲玩起來。頭皮上一蹦一蹦的感覺告訴我，他們在玩跳圈圈。

晚上，我鑽回洞裡，但只有腦袋瓜勉強伸進去；海拉雅洞現在小得就像一頂安全帽。

半夜裡，我聽到全身的關節、骨頭都在嘎吱嘎吱響，好像在開會討論：明天要長多高呢？

我又興奮又期待，滑進了奇異的夢鄉。

明天……明天也許我就可以摸到星星了！

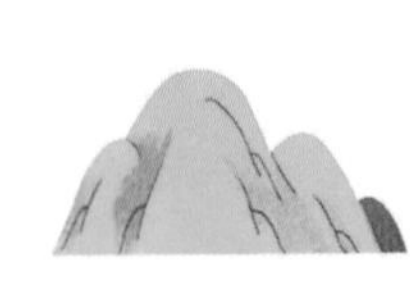

22 跟螞蟻比身高

我站在聖母峰上，左手轉著月亮，右手把金星和水星調換了位置。幾顆殞石飛過來，我一揚腳，把它們踢飛成一把流星。

我閉上眼睛，把雙手再往外伸出去，一顆星、一顆星摸過去……火星？木星？土星？玩起「猜謎遊戲」。

嗯，燙燙的……太陽！尖尖的……金牛座！刺刺的……天蠍座！一模一樣的……雙子座！冰涼涼的……哎呀，是黑洞！

黑洞一張口，把我吸了進去……

「哇——救命呀！」我大叫一聲醒過來，恐慌湧上胸口。

我發現自己掉進了一個好大的洞窟，遠處的洞口就像海拉雅山那麼大。

135 跟螞蟻比身高

我一驚，跳了起來。

我真的掉進了黑洞？還是——跌進了地心？

我朝洞口跑去，跑了好久仍然像在原地踏步。

「喂，懶鬼，你想逃呀？」一個可怕的聲音攔住我。「你怎麼不工作？雙手空空的？」

一個龐大的鐵甲武士擋在我面前，全身黑亮亮，雙腿孔武有力，兩隻手插著腰，另外兩隻抱在胸前，兩隻長長的觸角在我頭上點啊點，好像在檢查什麼。「哼，連編號也沒有——證件！」

「什麼證件？」

「連證件也沒有？」他的觸角又晃來晃去，好像在打電報。「走，你得跟我回總部一趟！」

「我才不要！」

鐵甲武士生氣了，伸手想抓我……

忽然，一陣強風襲來，一隻大怪獸衝進山洞！

石，才沒被颳跑。

鐵甲武士「哎呀！」一聲，被強風吹翻了身。我趕緊抓住地上的大岩

「旺！旺！旺！你在哪裡？」

好熟悉的聲音……

下一秒鐘，我明白了：大怪獸就是阿旺！我呢？我變成了小螞蟻！

阿旺好久才發現我。他低下頭，鼻頭像玉山那麼高。

我幾乎快哭了。

「沒關係，你可以坐在我的頭頂上。」阿旺趴下來，側歪著頭，避免呼氣噴到我。「我載你出去玩！」

我抓住他的毛，像爬竹竿似的，好半天才爬上他的頭頂。我把兩根毛拉緊，在頂端打個結，坐進去，像坐在懸空的纜車上。

阿旺站起身，走出洞口。

天光大亮！

眼前的世界好像被一個超級放大鏡放大了，看起來又陌生又熟悉。

137 跟螞蟻比身高

一整天，我就像是大人國裡的小不點，看什麼都好新鮮。

真是奇妙的感覺！才兩天，我就明白了大巨人和小螞蟻有多麼不同。

晚上，我又擔心又好奇：我會變成細菌那麼小嗎？我會變得看不見嗎？

還好，隔天我又變高了！

雖然沒再變成大巨人，卻像榕樹一樣高。

接下來的每一個晚上，我的腳趾頭、手指頭、每一根骨頭、每一個關節都在喀噠喀噠響。

我的心也跟著喀噠喀噠響。我不知道，一覺醒來，又會變成什麼樣子？

我的身體也不知道。

它好像拿不定主意，像在練習算術一樣，一會兒加，一會兒減，不斷在嘗試各種變化。

同樣一棵椰子樹，我有時仰看它，有時俯瞰它，有時又跟它一般高。

世界一下高、一下矮，好像也在練習發育。

直到一天，變化停止了。（我後來才知道，那停止的身高是：一百八十公分！）

我擺動手腳，有一種長大了的感覺。一種全新的感覺。

這就是我的新模樣嗎？

我站在溪邊，盯著水裡的倒影，怎麼看也看不膩。

如果不笑，我的五官就像一個大人；一笑，嘻嘻，就還是六歲的模樣。

阿旺比我更好奇。「旺！旺！旺！你是魔術師嗎？不准你把我變老喔！」

傍晚，我靠著岩壁，看著夕陽。

我摟了摟阿旺，親了他一下。「阿旺，你知道嗎？這一陣子我最開心的事，就是你曾經站在我的頭頂上，我也曾經站在你的頭頂上——能站在好朋友的頭頂上看世界，真好！」

阿旺點點頭，「旺！旺！旺！」一直舔我。

夕陽也這麼覺得吧？因為它咚一聲，就「站」到了地球的頭頂上。

23 跟未來的自己打招呼

每天清晨，陽光一照進海拉雅洞，整座山就醒了。

今天，我醒得更早，因為我長高了，陽光一下就照到我的腳。

走出洞口，我的影子變得好精神！

我大口吸氣，心裡好像有一千個自己要蹦跳出來。

「旺！旺！旺！」阿旺跟我說早安。「我就知道你有魔法，你越變越帥了！」

「不是我有魔法，」我糾正他。「是海拉雅山有魔法。」

「不是山——是你，是你。旺！旺！旺！」阿旺堅持。

好吧，是我，是我。我呵呵笑，走到小溪邊，蹲下來喝口水。

溪水嘩啦啦晃動起來，等它恢復平靜，我看見自己的倒影變成了一位老先生……白頭髮、白鬍子，滿臉皺紋，眨著眼睛對我笑。

我一驚，手一撥，影像消失！溪水又晃動起來……

我站起身，一抬頭，差點相信自己有魔法！

因為另一個我站在對岸，正對著我揮手。

說是我，又不太像，他一臉鬍子，少說也有三十歲。

「哈囉，我回來了！」他又對我揮揮手。

「哈囉……」我也揮揮手，有些不太習慣。

「老頭子剛剛太心急了，對吧？」他指指溪水，「嚇到你了？」

我點點頭。

「你要不要走過來？」他雙手拱在嘴邊，「這樣子喊話，太累了。」

我想了想，找了一處水淺的地方過溪。

「好，你走過來了。」另一個我很高興。「這比我走過去要好得多。」

我仔細看看他，開始懷疑：這是我嗎？

「怎麼，不像嗎？」他調調脖子上的布繩子說：「這叫領帶。」

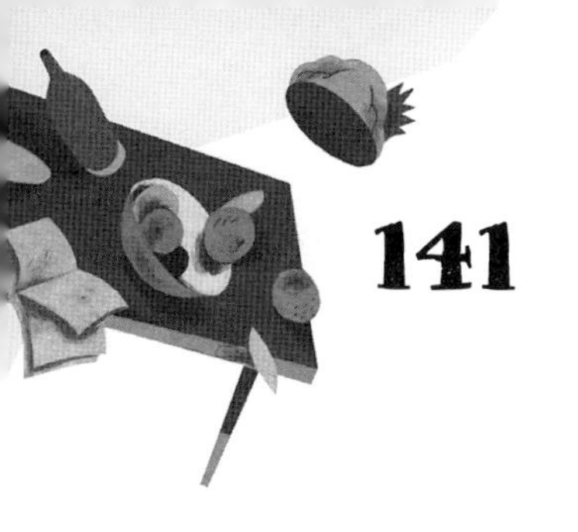

他又拉拉身上硬邦邦的衣服。「這叫西裝，是名牌喲！」

「你怎麼穿得這麼好笑？」

「好笑？」他摸摸鬍子，「到時候，你就覺得好看了！重點是，你要記清楚，要搭上這一班公車，你才能找到我喔！」

他手指一響，「啪！」一聲，旁邊出現一個站牌。他指著上頭的站名，唸給我聽：「小學↓中學↓高中（這三站你怎麼坐都沒關係，重要的是後面的）↓台灣大學↓美國哈佛大學↓美國博士後研究↓矽谷科技公司……記好了嗎？一站一站坐，你就會找到我。」

我懷疑的盯著他。「你……是海拉雅人？」

「什麼？」他好像聽到一個陌生的字眼，「你說什麼海？」

老天，未來的我怎麼連這個都忘了？

「別聽他胡說！」樹上傳來一個聲音。

一抬頭，又一個我坐在樹上，吊著腳晃啊晃……

他跳下來的時候，我發現他只紮了一條樹葉短褲，皮膚和鬍子一樣黑得發亮。

「我們海拉雅人，就要活得像大自然！在海裡就像海，在山裡就像山。」

「對呀，所以——在都市裡就要像都市！」西裝的我翹起下巴。

「都市？呵，會動的小盒子黑麻麻，不會動的大盒子也黑麻麻，空氣也黑麻麻，有什麼好？」

「鄉巴佬，那叫汽車、樓房！」

「哼，都市鬼！你再待下去，小心連靈魂都變成黑麻麻——」

「轟隆隆！」一架太空船從天空降下來，一個全身裹得像粽子似的我走出來。他啪噠啪噠大步走過來，脫下太空帽。「悶在地面上吵多無聊啊？宇宙才妙，又大又好玩！」

「幹嘛那麼浪費能源？」又一個我從森林裡走出來，他揹著背包，手上一支登山杖，光著大腳丫。「光地球就逛不完了，還是當旅行家最好！」

「不不不！」一個戴眼鏡的我走過來，手裡拿著一本精裝書。「身為海拉雅族最後一位傳人，你有責任把族人的故事寫下來，讓大家都知道，你要變

成學者！」

好像被風吹出來似的，魔術師的我、軍人的我、商人的我、運動員的我、頭目的我、流浪漢的我、乞丐的我……一個接一個跳出來，每一個都說自己最好！

一群我吵起來，然後圍著我，要我選擇。

四面八方都是我，好像鏡子，萬花筒般的鏡子。

「阿旺！」阿旺跑過來，我問他：「你喜歡哪一個我？」

阿旺嗅啊嗅，聞啊聞，對每一個我輪流搖尾巴。

「你都喜歡？」

阿旺點點頭。「旺！旺！旺！都喜歡。」

「哈，真好玩！」我四面八方轉了一圈，然後說：「好，每一個我，我都要。」

所有的我面面相覷。「哇……這小子，真貪心！」

接著，他們又歡呼起來。

「都想要？那就表示——我們都有機會，耶！」

他們開始互相擁抱、唱起歌、跳起舞……直到他們想起「誰先？誰後？」的問題，又吵了起來……

趁著他們不注意，我悄悄溜回小溪的另一邊。

想到未來這麼好玩，我就好興奮，一整天都在山裡蹦來蹦去。

24 跟死神打勾勾

落葉真神奇！每一片都是第一次——也是最後一次——在空中飛舞。

當我想到這一點時，我已經坐在林子裡，看了一整天的落葉。

落葉是這麼美，呼應著風的節奏，每一片都把自己當成禮物，送給大地；每一片都以最獨特的舞姿，對大地說：「嗨，我來了！」

當太陽掉進遠方的樹林，紅豔的彩霞漸漸消散，我發現，落葉變得有些不一樣了！它們彷彿接收了彩霞的光，像螢火蟲一般晶亮起來，而且，比白天更狂亂、更盛大的飄落下來……

我驚訝的揉揉眼睛。

變柔變細的「落葉雨」像在空氣中紡紗，一層又一層，紡出彩色的簾幕，綿綿密密，在黑暗中閃爍。

我忍不住站起來，往前走，走進簾幕。

就在繽紛的落葉像旋風一樣旋轉的地方，我看到了他。

他穿著花襯衫、牛仔褲，肩上斜揹著一個輕巧的小背包。他的側臉像夕陽般溫柔，又像朝陽般興奮；無限蒼老，又無比年輕。

他低著頭，看著手上的螢幕。

「那是什麼？」我問。

「平板電腦。」

我走上前，看見那上頭有好多影像，像電視一樣，不過，沒有聲音。

「你在看什麼？」

他笑一笑，把平板電腦移到我面前。

我看到一架飛機在半空中爆炸，一張特寫的臉，張大嘴，無聲的大叫……

「我？」我嚇了一跳。

他點點頭，點了一下螢幕，畫面又變了。

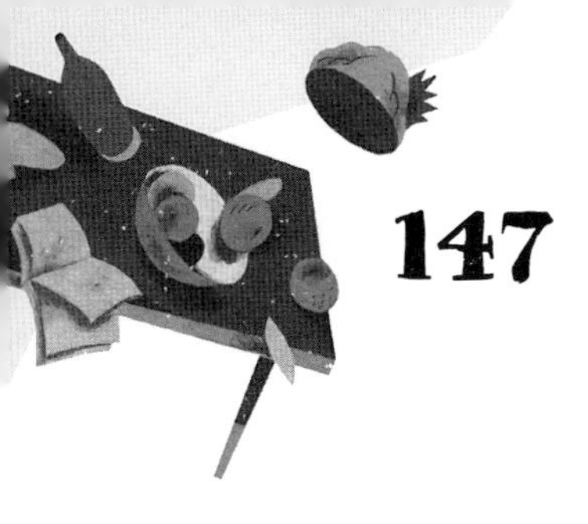

147 跟死神打勾勾

花園裡，一位老人躺在草坪上，手裡還拿著噴水器……

我一下就感應到了。「那也是我？」

他沒答話，只是繼續點著螢幕，讓畫面不停變換：

高山上，一位年輕人失足掉下懸崖……

十字路口，一台汽車撞上急駛而來的卡車……

手術台上，中年人不甘心的垂下頭……

雨林中，一道閃電突然劈下……

大地震，一棟樓房轟然傾倒……

搖椅上，一本書無聲的從手上滑落……

睡床上，老人微笑著閤上眼睛……

影像中，每一個人的年齡都不一樣，但我知道——他們都是我！

「很奇怪吧？」他不斷點選著，好像在幫我的心跳加速。「在你身上，我看到二千三百萬種死法。這讓我很困惑……」

他抬起頭，第一次正眼看著我。「所以，我來找你。」

我看著他，不懂。

「你的祖先在幫你……他們想把我弄迷糊，好讓你避開真正的那一次——這不公平，對其他的人不公平。所以我來……來跟你談一筆交易。這樣吧，我就破例一次，讓你自己選。喏，你想要哪一個？」他指指螢幕，語氣很大方。

「我可以想一想嗎？」不知怎麼回事，我有點緊張，手心開始冒汗。我怕我一回答，那答案就會纏著我一輩子。

「放心，你可以慢慢想，時間暫停了；我一出現，時間就暫停……」他聳聳肩，好像自己也不明白為什麼會這樣。「總之，我不會占用你的時間，你連一秒鐘都不會浪費。」

儘管如此，我想來想去，還是沒辦法決定。「不能每一種都試一次嗎？」

「不行，你只能選一個。」

「可是不先體驗一下，我怎麼選呢？不能先試玩一下嗎？」

「不行，成本太貴。」他搖搖頭，瞪了我一眼。「小子，你很貪心！」

149 跟死神打勾勾

我攤攤手。「是你太小氣了吧？」

雖然時間暫停了，落葉卻像鐘聲一樣，窸窸窣窣，持續飄落下來……

忽然，落葉敲了一下我的心。我想到一個答案。

「我決定了！」我也表現得很大方，「我選擇──『不選擇』。我放棄選擇！」

「喔？」他有些訝異，「很多人都乞求我讓他們選擇，你卻放棄？」

「嗯。」我點點頭，「但是，我有一個要求。」

「什麼要求？」

「你下次來的時候，要把『帶我走』當成一份禮物。」

「禮物？」

「對！不是懲罰、不是恐嚇、不是惡作劇，而是送給我的一份禮物！」

他沉思起來，眼睛裡好像有無數個星雲在閃滅。好一會兒，他才點點頭。

「可以。」他關掉平板電腦，「所以說，主動權又回到我手上了？」

我點點頭。

他很滿意，把平板電腦收回背包裡。「這裡的風景很不錯，可惜，我得趕路了。」

他回過頭。

「等等，」我叫住他。「有一件事，我不懂。」

「你……為什麼沒穿黑斗篷？沒拿大鐮刀？」

他嘿嘿冷笑一聲，又轉回頭，往前走。「呵，誰規定的？我就不能穿得漂亮一點嗎？」

嗯，說得也是！

我很高興我的死神是有品味的。

黎明了，我竟然在森林裡呆呆站了一晚。

而當第一道陽光灑下來，我才發現：海拉雅洞是山上第一道陽光照射到的地方。

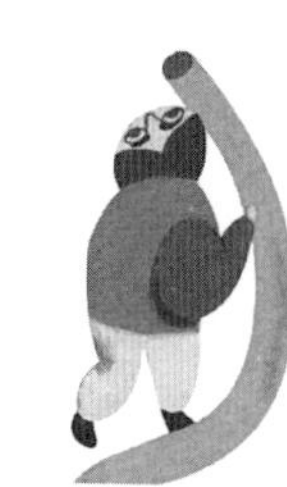

25 和世界一樣新的人

海拉雅洞還是和之前一模一樣，夜夜護著我，暖著我。

我躺著，等著，想著：還有什麼妙事兒會找上我呢？

我躺著，等著，想著……卻什麼事都沒再發生。

走出洞口，一陣風從左邊跑向右邊，好像推開了一道隱形的空氣門。

我模模糊糊發現，眼前這個一模一樣的世界，好像被完全更新了！

這真是一種奇妙的感覺。

就像有什麼東西伸進了世界的心房，摸到了發條，輕輕一轉……讓它從裡到外、從近到遠、從看得見的到看不見的，都被重新喚醒、擦拭、啟動了……

空氣微微顫動，遠山近樹都像洗過澡一樣閃閃發亮，透出新鮮的光澤。

世界如此新，我幾乎可以聞到它的乳香！

一整天，我什麼事也沒做，就只是坐著，看陽光一束一束的在森林裡散步，看溪水不停的往前流，看小鳥在樹上蹦蹦跳跳，看雨水在空氣中溜滑梯、手牽手在半空中寫詩……

一切都像第一次。

連阿旺的叫聲，聽起來都像宇宙的第一次心跳。

「旺！旺！旺！」阿旺問我：「你幹嘛一直發呆？」

「沒有啊，」我說：「我很忙呢！忙著享受眼前的一切……」

「那就來追我呀！來享受追我的忙吧！」阿旺一溜煙往前跑。

「嘿……」我追上他，一下子就超過他。「應該是你追我吧？」

「旺！旺！旺！追你、追你！」

我哈哈大笑，往前跑。倒過來用手掌跑，用拳頭跑，用手指頭撐著地跑……

「讓我來！」我的影子跳起來，帶著我往前跑。

「不公平！不公平！」阿旺在後頭叫。

「那你也一起來吧！」影子一點，把阿旺的影子也喚醒了。

「旺！旺！旺！看我的！」阿旺的影子一翻身。呵，可強悍了！一飆速，跟我的影子不相上下。

「哈哈哈！」兩個影子邊笑邊往前衝，我和阿旺也放輕鬆仰躺下來，吹著口哨哼著歌，跟著一路往前滑。

突然間，一個大地震，震得我和阿旺在地上顛滾起來，頭腳亂晃，幾乎翻趴過去，好像在海浪上打滾。

花沒謝、草沒扁、樹沒倒，整座山卻九十度大翻轉，橫倒了下來……

哈，山的影子也忍不住跳起來，拉著山，往前跑！

「哇，好像在坐雪橇！」我把屁股挪正，顛啊顛，笑啊笑。

「旺！旺！旺！好玩、好玩！」阿旺吐著舌頭哈哈笑。

三個影子比賽跑，不知道誰贏誰輸？

嘿，海拉雅山不讓我跑出去，自己卻想跑出去。

才這麼一想，雲就九十度倒下來，天空也九十度倒下來，有一瞬間，我以為整個世界都倒了下來，被世界的影子帶著跑。或者說，地球被地球的影子帶著跑，宇宙被宇宙的影子帶著跑。

所有倒過來的東西，好像把它們的能量都倒給了我！

一陣狂喜從手指頭、腳指頭，往我胸膛裡竄，它們在心窩處會合，又「砰！」的一聲炸開來，飆向全身，癢滋滋的電流伴隨著狂奔的速度感，迅速撫過我的四肢百骸，剎那間，我漂浮起來，興奮到忘了自己、忘了世界，興奮到一闔眼——竟然就睡著了！

等我再睜開眼睛，一切又恢復了平靜。

我呆呆看著山，阿旺也呆呆看著山。

我有一種從腳趾頭到靈魂尾巴，都被徹底洗乾淨、重新被安上力量的充實感。

「走吧！阿旺，」我對阿旺招招手，說：「我們該回家了。」

阿旺搖搖尾巴，望著山下，用全新的力量說：「旺！旺！旺！回家、回

家！」

下山時，我覺得整座山都跟著我一塊下山了。

夕陽微紅，山風清涼，我的心中卻浮現出一顆朝陽，身上每一個細胞都在微笑。

不知怎麼回事，我的心像全新的黑板一樣，浮現出一句話：

每一天，都有一個和世界一樣新的人。

我很高興，今天那個幸運兒，就是我！

26 擁有祖先的雙手祖先的雙腳

回到家，媽媽好高興，從洗衣服的矮凳子上站起來，張開手，緊緊抱著我。

咦，媽媽只到我的肩膀？真奇妙！出門時，我只到媽媽的腰呢！

「感謝祖靈！」媽媽仔仔細細看著我，檢查我的牙齒，拉開我的手，敲敲我的臂，搥搥我的胸膛。「你有了祖先的雙手，祖先的雙腳，祖先的胸膛……」

「對呀，我長大了！」我好得意。

「還早呢！」媽媽掐了一下我的鼻子。「你只是身體長大，腦袋還沒長大。」

「誰說？」我不服氣，走到洗衣槽邊，三兩下就把一大桶濕濕的衣服全

部扭乾，一一晾在竹竿上。「瞧，我可以幫你洗衣服！」

「呵——」媽媽笑了。「你是要去捕魚，不是要去晾衣服。」

「沒問題！我隨時都可以出海捕魚。」

「那好，明天你先去找阿星叔，跟他一塊出海。」

「不用啦，」我舉起手臂，學大力士，拱拱臂。「我個兒高，力氣大，可以自己買一條船，自己出海！」

媽媽瞪了我一眼，說：「過來。」

我走過去。

「頭低下來。」

我低下頭。

「啪！」一聲響，媽媽敲了我一腦袋。

「再偉大的廚師，也要先認識鍋、碗、瓢、盆、蔥、薑、蒜！連瓦斯爐都不會開，你就想煮菜？去，跟阿星叔、阿海伯打個招呼，明天開始，請他們輪流教你出海。」

「是。」我捂捂頭。

我走去阿星叔家敲門，阿星叔看到我差點跌下椅子。

「您……您……你——是阿笑咕？」他回過神來，又差點跪下來。「三太子顯靈呀！別人青春期才『轉大人』，你六歲多就長大了！」

「沒有啦。」我摸摸頭。「媽媽說我只有身體長大，腦袋瓜還沒長大。明天，還要請您教我出海呢！」

「沒問題、沒問題！三太子肯上我的船，船一定駛得風風火火，漁穫豐豐富富！」

到阿海伯家，我才剛站到門口，門內的阿海伯就激動得站起來。

「少爺？您回來了？」他抖著手，眼淚像漏了水的水管直直冒出來。「少奶奶天天都等著您回來呢！我每天都把船擦得黑黑亮，就等著您回來……阿枝呀，快給少爺倒茶……少爺，請進、請進！少爺，您怎麼不應聲……」

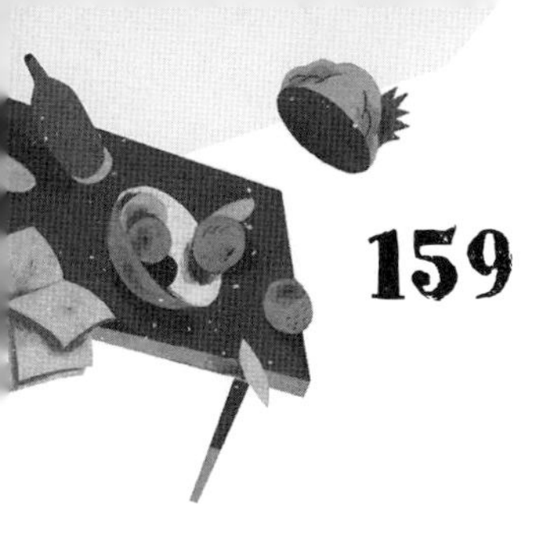

159 擁有祖先的雙手祖先的雙腳

好一會兒，我才知道阿海伯把我誤認成爸爸了。

一定是逆光的關係吧？

「阿海伯，是我，阿笑咕！」

「阿笑咕？」阿海伯瞇細了眼睛，好半天，才回過神。「哈，是阿笑咕！哈哈，是阿笑咕！老糊塗了……老糊塗了……」說著抹一抹眼睛，又哭了。

怪不得人家都說「老小老小」，老人跟小孩一樣愛哭。

阿海嬸把茶擱在桌子上，摸摸我，可開心了。「阿笑咕長這麼大了？哇，我都抱不動嘍！」

「可以換我抱你啊！」我一下就把阿海嬸抱起來，還往上拋了兩下。

「哈哈哈！」阿海嬸笑得像個小女孩，「還要！還要！」

我又把阿海嬸拋起來，像浪花一樣。

阿海伯只是坐在旁邊看，手像抹布似的，在眼睛上揩來揩去。

我到空屋子去找白影子。

白影子半瞇著眼睛，看著我：「哇，你好亮！」

「亮？」

「對啊，整個人都在發光。」白影子說：「哼，年輕人就是這一點討厭，亮得讓人受不了！」

「是房客太多讓你受不了吧？」我想起在山上看到的「影子軍團」。

「嘻嘻！你發現了？」白影子笑得賊兮兮。「不瞞你，生意好得很！全租滿了。」

他吹了一聲口哨，房間裡立刻擠滿了影子……哇，各種形狀、各種顏色都有！

「房東來了，快，交房租！」白影子朝大家一聲吆喝，又轉頭看著我。「您想要什麼樣的房租呢？手指頭？腳趾頭？還是腦袋瓜？」

我連忙搖搖手，對大家說：「不用，不用，你們交給二房東就好，我不收房租。」

「哈哈哈，騙您的啦！」白影子笑彎了腰，「他們都很感謝您喔！如果有

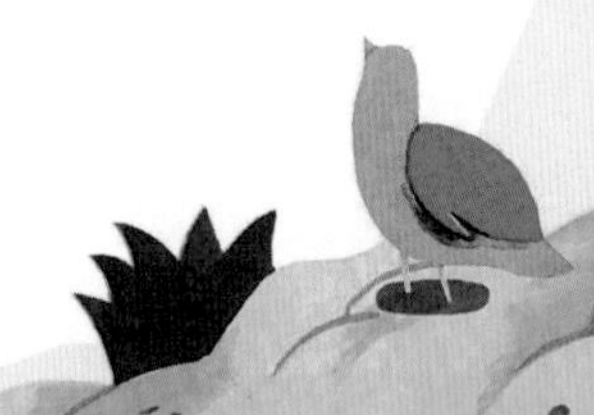

需要，他們隨時都願意為您效勞。」

所有影子都拍起手來，對我呵呵笑。掌聲涼絲絲的，笑聲也涼絲絲的。

我想了一下，又扳起手指頭數了數……呵，現在村子裡是：人口數，三家；影子戶，一百家。

想不到，海拉雅村竟然也跟我一樣「變身」了呢！

27 陸地是男生　海是女生

我跳上阿星叔的船，阿旺搖搖尾巴，也跟著跳上來。

「不行，你不能跟。」阿星叔揮手趕他，「海上只有『瘋狗浪』，沒有瘋狗。」

「旺！旺！旺！」阿旺不依。

阿星叔又瞪了阿旺兩眼，每一眼都有十秒鐘那麼長。

可是，一點用也沒有。阿星叔只好右手一拉，發動馬達，把船開出港口。

到了大海上，阿星叔對阿旺說：「嘿，你這麼想當『海狗』？那就證明給我看！」

「撲通！」一聲，阿旺被阿星叔一腳踢下海。

「阿旺！」我靠在船邊大叫，忽然屁股一疼，「撲通！」一聲，我也掉進海裡。

我咕嚕咕嚕吃了好幾口水，手一撥，腰一鬆，浮上來。

遠遠的，船已經在一百公尺外了。

阿星叔在船上對我又拱手、又鞠躬。「三太子，不好意思，得罪啦！當年，你爸爸也是這樣教我的喔。要上船，就要先學會落海。請你跟上來，自己爬上船吧。」

我轉頭看，哇，阿旺可強呢！腳上的滑板變成衝浪板。我在海裡漂漂浮浮，他是在海上衝浪，左左右右，姿勢比在陸地上還帥……

我變換姿勢，等手舒服，腳也舒服了，發現自己仰躺在海上，好像躺在大沙發上。

「旺！旺！旺！這樣不行！」阿旺靠近催促我，「我們得回到船上去！」

結果，我用狗爬式游上船。阿旺卻看準一個浪頭，翹起尾巴，「嘩啦啦！」就飆上船板。

「哇，媽祖婆的青春痘呀！想不到你真的是『海狗』！」阿星叔興奮的摟著阿旺，阿旺得意的長嘯了好幾聲。

阿星叔轉過頭，像大人對大人，和我握了握手。「恭喜、恭喜！大海接納了你！」

「懂得落水，就不怕翻船。」阿星叔又發動馬達。「不怕翻船，我們就可以開船了！」

船往遠方開，在大海中劃出一條白白的線。

「三太子，我要教你的第一件事就是——」阿星叔說：「陸地是男生，海是女生。」

「海是女生？」我愣了一下。

「嗯，」阿星叔點點頭。「你要懂得討她歡心。只要你能欣賞她，她就會從頭到腳回報你，讓你看到她最美麗的一面。你要是嫌她、罵她、看不起她，她就會恨你、咬你、詛咒你。到時候，如果沒有媽祖婆保佑，你就死定了！」

嘿，聽起來，大海愛聽好話，又愛使性子。

阿星叔站上船頭，側著臉。

「海上的風也是女生喔！每天都跑來找我親嘴。」阿星叔嘟起嘴，往上一噘。「瞧，風在親我呢！該我回親它了。啵！左邊一個，啵！右邊一個……喂，別光看呀，你們也來跟海風親親嘴！」

「啵！」「啵！」，「風之吻」響亮又清脆。

「可以開始捕魚了嗎？」我問。

「不急，不急，我們要先跟海姑娘聊聊天、跳跳舞，等她開心了，我們才撒網。」

漁船隨著海浪漫晃漫走，阿星叔盯著海水，像在欣賞這裡、那裡；近處、遠處；不同的藍、不同的綠……等太陽都歪著頭，好奇起來了，我才聽到阿星叔開口。

「好，可以撒網了！」阿星叔把漁網放在一個大弓上，按下開關。漁網「咻！」的一聲飛出去，半空裡張開來，像一隻巨大的手掌伸進海裡……

「彈弓捕魚法。我發明的喔！」阿星叔得意的唱起歌：

海風是我的情人喲！吹動我的船……

漁網是骰子喲！轉動命運的帆！

好魚兒，快點游，使勁游……

游出漁網的喲，是英雄魚！

游不出漁網的喲，我謝謝你！

船往前走，漁網在後頭拖……

阿星叔唱完三首歌，就把漁網收起來。

「嘩啦啦！」一堆魚濺著浪花，落在打開了的魚艙裡。

阿星叔檢查了一下，用長網撈出一些魚，拋回海裡。

我好奇的數起來：一、二、三、四……

「不要數，」阿星叔合起雙手，朝魚艙拜了拜。「要讚美！魚兄弟，謝謝

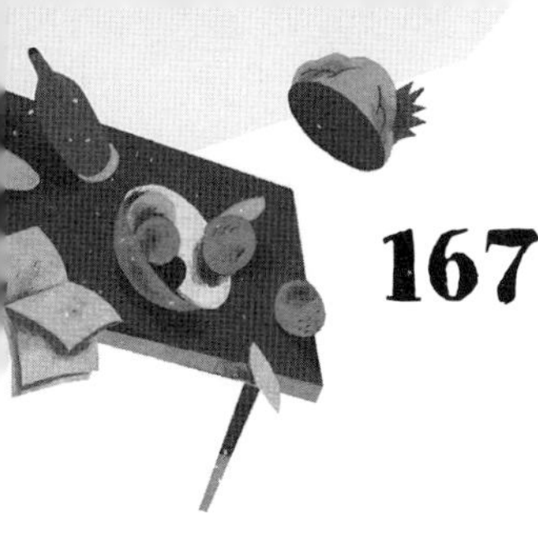

167 陸地是男生　海是女生

你們這麼大方，犧牲自己幫助我。我一定幫你們賣個好價錢，讓你們變成最新鮮的魚貨，讓所有挑嘴的人都豎起大拇指。謝謝你們！祝福你們下輩子游得更快、藏得更好，所有漁網都追不上、抓不著！」

阿星叔又親了親海風，這才開心的說：「豐收！」

船在海上輕輕漂蕩。

「你瞧，夕陽多美！」阿星叔指著遠方，「美得多像媽祖婆的青春痘呀！」

夕陽紅豔豔，在大海上漾出一條金色的波光大道。

「當年，你爸爸指給我看；現在，我也指給你看。」阿星叔開了一罐啤酒，讓我聞了一下，又敬了一下夕陽，就咕嚕咕嚕的喝了起來。「你爸爸說，來到大海上，如果只忙著捕魚那就太笨啦！三太子，你可別當海上的小傻瓜喔。」

我望著夕陽，心裡好像有海浪在翻滾。

想著爸爸當年也曾經這麼望著夕陽，我就覺得那夕陽好像在對我說話，說著爸爸想告訴我的話……

28 天使的海和魔鬼的海

我喜歡水母飄。

只要彎下身子，雙手抱住小腿，拱成一個圓，我就能像水母一樣飄在海上。

海浪推著我上上下下，好像睡在媽媽的子宮裡。累了，我就放開手腳，仰躺在海面上，望著天空，想像自己是大海的孩子。

如果不小心睡著了，阿海伯就會一網子把我撈回船上。滿網子的魚腥味裡就會傳來一句教訓：「小子，警醒點，你是睡在鯊魚的嘴巴上！」

就像今天，我又從漁網裡爬出來。

169 天使的海和魔鬼的海

「我不怕，」我抖抖身上的海水說：「阿旺會保護我！」

「旺！旺！」阿旺努力點頭。

阿海伯哼了一聲，指著不遠處的海。「看到了嗎？那裡，左邊、右邊的海水都流得很快，中間一段卻很平靜，看起來是不是很安全？呵，你如果游到那中間去，一下子就會被藏在底下的洋流捲走，十隻阿旺也救不了你！」

我吐吐舌頭。

夜晚的風有一些冷，漁網晾在甲板上，我的手心卻在冒汗。

「手癢了？」阿海伯直直看進我的眼睛，然後指指漁網，點了點頭。

「耶！」我抓起網子，往大海裡一甩。

連撒網機都沒我甩得漂亮！

等了好一陣子，我撈回漁網……網裡空空的，只有一堆保特瓶和寶麗龍。

阿海伯笑了。「你甩得很漂亮，卻只撈到垃圾，為什麼？」

「因為我技術差。」我低下頭。

「不是。」

「因為魚會逃？」我說。

「不是，是因為魚不會亂游。」阿海伯好像在讚美魚。「人有人走的道路，魚也有魚走的道路。只有找到魚的道路，守在路上，才能捕到魚。」

「魚的道路？在哪裡？」我盯著海水。海裡又沒有交通標誌，魚怎麼知道要往哪裡游？

「魚的道路，就是潮流。魚順著潮流游，省力又不費勁，就像我們騎著單車往下坡衝一樣。所以，想捕魚，就要先找到『魚路』。」

原來如此。「那——要怎麼找到魚路？」

「看月亮嘍！」阿海伯抬起頭。「水流會隨著月亮改變。滿月和弦月的引力不同，海流也不同。有時候，沒有路的地方會突然變成魚的高速公路。像這裡，一天就有三次特殊的水流，叫『流奔』。流奔一出現，漁夫就出征！」

「現在有流奔？」

「沒有。」

171 天使的海和魔鬼的海

「那我們為什麼要出海？」

「因為今天晚上會變天。」阿海伯說。

怎麼可能？風是有些涼，雲是有些沉，但是海水在月光下，美得像一幅畫呢！

我還在懷疑，風勢忽然一下轉強。沒多久雲層壓低，遠方出現閃電，一道雨幕由遠而近，急速逼近；海水翻騰起來，好像一隻龐然巨獸從冬眠中被吵醒，氣得在翻身、在咆哮、在伸出牠的利爪……

「快進來！」阿海伯抱起阿旺，大叫著要我跟他鑽進船艙。

我正要躲進去，船身忽然劇烈搖晃起來，忽左忽右，好像拿不定主意是要往左邊倒下去？還是往右邊栽下去？

我想到一個主意！

我抓起桅杆上的繩索，盤在身上。船往右傾，我就盪到左邊，用力拉；船往左倒，我就盪到右邊，用力拉。我在和船玩翹翹板，和大海比力氣，看誰厲害？

雨水、海水潑得我滿身濕，但我不鬆手，使勁撐住……

好不容易，風雨過去了，海水起起伏伏，月光又灑下來，好像要為大海重新化妝。

「小子，下次別跟大海鬥氣。」阿海伯罵了我一頓，手卻在我的肩膀上拍了拍。

大海又恢復了平靜，靜得好美，好像完全忘了剛才的狂亂。

「要記住，海有兩個面孔，」阿海伯說：「天使的海和魔鬼的海。還有，在大海上，千萬別相信海！有時候，連我的話也別信。」

「為什麼？」

「因為……」阿海伯摸摸臉上的疤，「……我也會被大海騙。」

回到村子，阿海嬸早就準備好了一大鍋薑湯。

「海有兩個面孔？」阿海嬸聽了我的話，哼了一聲。「哈，何止？至少也有三個！」

「三個？還有哪一個？」我問。

阿海嬸笑一笑，沒回答。

第三個海？我相信。一定是那第三個海，帶走了爸爸！

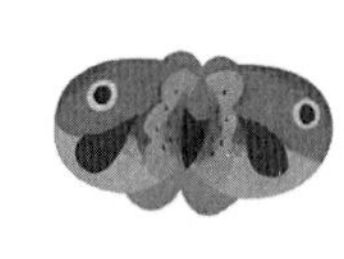

29

掉進時間的縫隙

爸爸的手錶，停在三點五十五分到三點五十六分之間。

「這是你爸爸留下來的，」媽媽把它戴到我的手上。「現在，交給你。」

我看著它，不確定它是停在清晨三點多？還是下午三點多？

每次出海，如果時間接近，我就會舉起手，面向大海看著錶，好像那停下來的時針，會在大海上指出爸爸消失的地方。

可惜，每一次我都只看到閃爍的大海，不是閃著星光，就是閃著日光。

這一天，我跟著阿星叔出航。阿旺在海裡衝浪，順便趕魚，他最喜歡追飛魚。

「如果阿旺是人，我一定升他做大副！」阿星叔對阿旺滿意得不得了。

可惜，阿旺也不是貓，不然一定天天吃大餐。

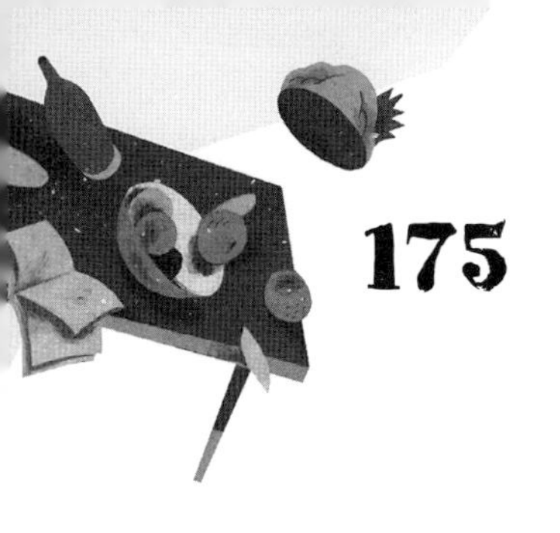

三點五十分，一群海豚躍出海面，互相追逐著，向船頭游來。

「喂喂喂！別過來。」阿星叔對牠們揮手。

海豚不理他，一隻隻衝過來，一接近船頭，就像跨欄一樣，尾巴一挺，頭一揚，就從船頭上跳過去。

「哇！」我興奮大笑，張開手……可惜，沒一隻海豚想跟我擁抱！

三點五十五分，「啪！」一聲，一隻大海豚撞上我。

「哎呀！」我沒站穩，「撲通！」一聲，掉進海裡。

又一聲「撲通！」——我又掉進海裡！

咦？我不是在大海裡嗎？怎麼又掉進另一座大海？

才這麼一想，我的眼前就浮現出了另一片海洋，金黃閃爍……

金色的大海！

海豚的笑聲從頭頂上遠遠飄過，好像隔著一層玻璃。

金濛濛的海水中，一個人影向我走來。

「小傢伙，歡迎你從齊底的世界，來到齊頭的世界！」

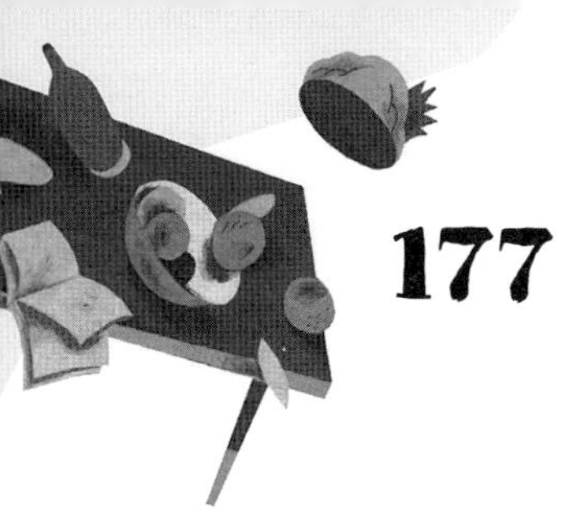

177 掉進時間的縫隙

我倒仰著，漂浮著，看著他，完全聽不懂。（我猜，我的嘴巴裡一定冒出了許多問號泡泡吧？）

「來！」那人伸出手，握著我的手，把我扶正。

一握到他的手，我就知道他是誰了。

「爸爸！」

爸爸看著我，笑著點點頭。「阿笑咕！」

「您沒死？您在這裡？您為什麼不回家？我和媽媽每天都在家裡等您回來！您為什麼……」突然，我心中一陣冷顫。「還是我……我也死了？」

「放心，你沒死。」爸爸輕輕摟著我。「你只是掉進了時間的縫隙。我也沒死……不過，我在陸地上的生活已經結束了。在大會合那一天來臨之前，我沒辦法再回去。」

「大會合？」我又糊塗了。「爸爸，為什麼您說的話，我都聽不懂？什麼是齊頭的世界？什麼又是齊底的世界？」

「哈哈哈，喀啦——喀啦！」爸爸像海豚一樣笑了起來。他朝上指了指，說：「陸地上的世界就是齊底的世界呀！不管你是高是矮，是高山還是低谷，腳底下都是被大地托得穩穩的一條地平線。在這裡——在大海裡——恰好相反！不論底下是火山、是深不見底的大海溝，上頭，都被海水填平成一樣高的海平面。」

「陸地是齊底的世界，大海是齊頭的世界……」我複誦爸爸的話。

「嗯。齊底的世界撐起一切，托著大家高高低低；齊頭的世界則抹平一切，把一切落差都填平。」

我從來沒想過！

可是……這跟爸爸待在這裡有什麼關係？

「我們海拉雅人，天生就是夢的創造者。一代接一代的海拉雅人，到了適當時間，就會進入這片金色大海。我們在這裡造夢，打造心之島，一代接一代。」

「心之島？」我不懂。

「人會幻想，有夢想，有希望……我們就用那些幻想種子、夢想種子、

希望種子來建造心之島。」

「為什麼要建造心之島？」

「嗯……」爸爸牽著我往前走，「人都活在兩個世界，眼中的世界和心中的世界。我們海拉雅人的使命，就是把心中的世界打造出來。當大會合的日子來臨時，眼中的世界會和心中的世界合而為一。」

「耶！那我將來也要到這裡，和爸爸一塊打造心之島！」

「不，你要留在陸地上。」爸爸說：「這就是我來找你的原因。」

30 在夢島上眺望未來

「來，我帶你去看鏡島。」

爸爸在一隻金色小魚身上點了一下。

海水晃蕩起來，當它平靜下來時，我發現我們在一座島上。

微風清涼，樹影婆娑。我拾起一只貝殼，放在耳邊，無數的話語聲同時響起：

「爸爸，跟我回家嘛！」

「爸爸，我有好多話想跟您說、好多事想問您……」

「爸爸，您在這裡好嗎？您想我們嗎？」

「爸爸……」

「爸爸……」

「爸爸……」

我驚訝的放下貝殼。

爸爸微笑著說：「鏡島的貝殼會反映你內心的聲音，鏡島上的其他東西則像鏡子一樣，會映出你在他們心中的樣子。即使是我們腳下踩的沙子，也是一面奇特的鏡子呢！在鏡島上，你可以看見自己在世界中的不同長相。」

是嗎？我好奇的和眼前的一切握握手，果然，我看到不同的影像，每個影像都讓我大吃一驚！原來，我在他們眼中，是長這樣：

沙子：「會走路、長得奇奇怪怪的樹。」

螃蟹：「不懂得走路的醜八怪！」

椰子樹：「沒有尾巴、奇怪的猴子。」

蜥蜴：「一團紅不溜丟的火！」

鵝卵石：「腦袋裡有一堆怪聲音的怪瓶子。」

……

我幾乎不敢相信這些影像都是我！大家眼中的我，差異竟然這麼大！真好玩！

「我們再去看另一座島。」

爸爸又在另一隻金色小魚身上點了一下。

畫面漾開，一座島浮現腳前。島上的沙晶瑩透明，每一粒沙都孵著一個夢。

「夢島！」我大叫一聲。

我張開嘴，用力咬了咬空氣……脆脆的，甜滋滋！

耶，跟我想像的一模一樣！

「這座島是我想像出來的！」我好高興，「想不到，胡思亂想也能成真！」

「當然，在這裡沒有不可能的事。不過，它還沒有完成……嗯，應該說，你還沒有把它想完整。」爸爸說：「但是目前這樣，也已經夠精采了。」

我撿起一粒沙，看見它的夢：一顆隕石在太空中飛！

183 在夢島上眺望未來

我拾起一顆石頭，打了一串水漂：一個紫紅色的夢，唱著歌在海面上跨欄……

我聞著一朵花，一陣花香變成夢：香噴噴的房子，拍著翅膀，在半空中飛……

「這裡的每一條魚，都守護著一座島。」爸爸指著游在半空中的金色小魚。「如果島成熟了，我們就讓它們試著浮出海面，去感受一下另一個世界的空氣。」

「喔，那……如果我以後遇到它們，可以上去嗎？」

「為什麼不？」爸爸說：「看到島，就登上去。如果它不想讓你登陸，會避開你，不讓你看見。到目前為止，我們已經打造好了鏡島、舞島、醉島、歌島、哭島、笑島……還有很多島在等著完成。」

「可是……我不能跟您一起做？」

「不能。」爸爸搖搖頭，「海拉雅人的宿命到我這一代就好，你要留在陸地上，去創造新的海拉雅族。」

「創造新的海拉雅族？」

「對。去尋找山的女兒！和她結婚，生下新的海拉雅人——踏踏實實活在陽光下的海拉雅人！當大會合來臨時，海裡的老海拉雅族和陸地上的新海拉雅族將再次會合，攜手將兩個世界合而為一。」爸爸的眼睛閃出亮光。「就像把最好的現實與最好的夢合在一起。現在，它們雖然互相平行、各自發展，但是在遙遠的未來，它們會合成一個整體。記得，要去尋找山的女兒——大海裡，要有山的倒影，才能成為真正的大海！」

我們在夢島上散步，走過沙灘，走向內陸……

走在自己的夢想上，感覺真奇特！每一步都像踩在音符上。

「還有，你和你的下一代都要勇敢去想像！」爸爸整個人都亮了起來。「你越敢想像，我就越有能量；陸地上的新海拉雅人越敢想像，海裡的老海拉雅人就越能創造美好的島嶼。」

我不是很懂，卻用力點著頭。我模模糊糊知道，我活得越精采，爸爸在海裡就越光亮！

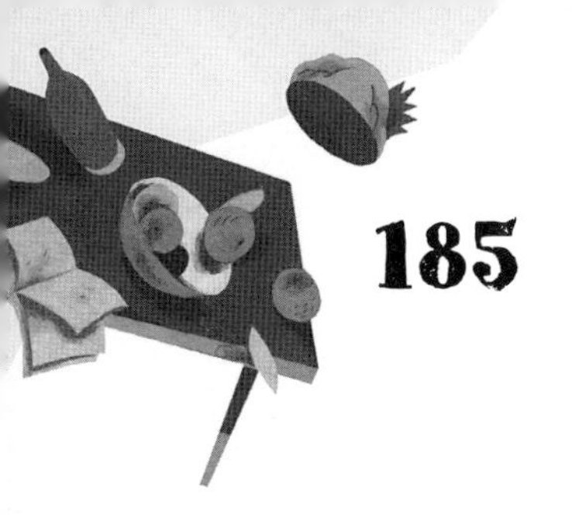

185 在夢島上眺望未來

夢島上的夕陽比漁船上的更美，海風中有一股我從來沒聞過的芬芳。我和爸爸走到夢島的邊緣，一道鋸齒狀的山崖在此斷開，好像沉入一片大霧……望著眼前的空白，我知道，那是我還沒有完成的部分。

然而，就在那一片空白之中，我看見了一個遙遠的夢。

在那裡，一個更廣大的世界，一個更浩大的未來，正敞開了大門，等著我去一探究竟……

後記

三十次記錄，三十次不可思議！

最後一篇故事，是我和不可思議先生從中央山脈的六順山往七彩湖的路上，邊走邊錄下來的。

記得當時我們一邊走，一邊聊天，我忽然想起來：「對了！有件事我一直很納悶。我們第一次見面時，你究竟是怎麼發現我的？我卡在樹叢中，天色那麼暗，我的聲音又啞掉了。你是用看的？還是用聞的？」

「聞的。」他笑了一下。「呵，恐懼的味道可真不好聞，又濃又刺鼻！」

「還有，那一次，你的手大概伸長了五、六倍吧？不然，你怎麼搆得到我？」

「也許吧，」他聳了聳肩膀，「我沒注意。我當時只想把你拉上來。」

「喔……」我看著他。就算是真的，我也不驚訝。

我們繼續往前走。眼前的草坡一個接一個，好像凝固的海浪。

「你剛剛說，你父親要你去找山的女兒？」

「嗯哼。」

「結果呢？」我問他：「你找到了嗎？」

他笑了笑，沒有回答，只是加快了腳步。

我趕緊跟上，翻過最後一個草坡，一顆水藍色的大眼睛出現了。

七彩湖！

清澈的湖水邊，豎立著好幾座帳篷。

我數了數，十二座小帳篷，一座大帳篷。咦，怎麼有這麼多登山客？

忽然，小帳篷同時掀開，一群小朋友像風一樣衝出來，朝著我們又喊又叫。

才一晃眼，他們就跑到眼前，撲到不可思議先生的身上……有的跳進他懷裡，有的撲到他背上，有的搆著脖子，有的拉腳，有的抱腰……

「爸爸，您真慢！現在才走到？我們等您好久了！」

不可思議先生哈哈笑，繼續往前走，身上拖拉著一群小小身影，東晃西拉，好像馬戲團裡的「活動衣架」。

走到大帳篷前，「活動衣架」立定站好，大喊一聲：「各就各位，報數！」

「太陽一！」背上的小孩跳下來，立正站好。

「月亮二！」抱在胸膛上的小孩跳下來，站在老大旁邊。

「大地三！」掛在脖子上的小孩，跟著排在第三位。

「海水四！」吊在右肩膀晃呀晃的小孩，立刻跟上。

「高山五！」吊在左肩膀的小孩，鬆開手，站挺挺。

「花香六！」抱著左腰的小孩，小跳步，跟過去。

「綠樹七！」抱著右腰的小孩，慢悠悠，走過去。

「魚鱗八！」在右手臂上盪著的小孩，跳進隊伍。

「獸皮九！」在左手臂上盪著的小孩，跳下地。

「羽毛十！」頭頂上的小孩翻滾下來，一蹦就定位。

「心十一！」抱著左腳的小孩，輕輕走過去。

「夢十二！」抱著右腳的小孩，站在隊伍尾巴，嘻嘻笑。

「好！」不可思議先生說：「飯前感恩，開始！」

十二位小朋友同時張開嘴，大聲說：「謝謝天，謝謝地，謝謝天地餵養我！媽媽，我們肚子餓嘍！」

大帳篷的門掀開，走出一位女人。

「好！馬上來煮飯。太陽一、月亮二，去幫忙提水。大地三、海水四，去拿碗筷……」

「山的女兒？」我差點叫出來。

不可思議先生推推我。「走，我們去撿柴火。」

往小樹叢走去時，我激動得說不出話。

拾了七、八根樹枝後，我終於找回舌頭。

「你一定要告訴我，你是怎麼找到山的女兒的？」我像剛跑完一百公尺，話都黏成一團了！

他看看我，笑笑說：「我不是告訴你了嗎？」

有嗎？我糊塗了——還是，他糊塗了？

他笑得一臉篤定，害得我更糊塗！

難道……他是指，眼前的景象就是答案？這也未免太玄奇了吧？

沒說＝說了？這……這也太不可思議了吧？

「還有……還有……」我頓了好久，才又想到，「你離開漁村之後的故事，也還沒告訴我喔！」

「那有什麼問題？」他眨眨眼睛，沒再打啞謎，「如果你有興趣聽，我很樂意說。以後爬山時，我再告訴你吧。」

我們扛著柴火往回走，盛滿食物的大鍋子已經架好了。

生火，添柴，滾滾水煙冒了出來。

「嗯，好香！」不可思議先生開心的吸了吸鼻子。

「嗯，真的好香！」我也點點頭。

只是，我沒說，我聞到的是故事的香味。

過去的、未來的、說過的和沒說過的那些故事，好像都和在一起，在鍋子裡攪呀攪，發出裊裊香氣……

那一刻，我覺得自己是世界上最幸運的人。在這麼神奇的一刻，和這麼不可思議的一家人坐在一起。

湖水湛藍青綠，還夾雜著幾處白。湛藍的是天，青綠的是草坡，白的是飄遊而過的雲。陽光閃閃，在湖面上眨眼睛……

我深深吸了一口氣，高山上特有的沁涼空氣立刻充滿我的胸膛。風吹過來，吹著我，好像吹過一根又細又長的青蔥，彷彿在告訴我說：這一個世界呀，就是一鍋不可思議的「故事湯」呢！

少年天下系列 —— 036

不可思議先生故事集

作　　者｜林世仁
繪　　者｜川貝母

責任編輯｜李幼婷
封面設計｜洪千凡
內頁設計｜蕭雅慧
行銷企劃｜葉怡伶

發行人｜殷允芃
創辦人兼執行長｜何琦瑜
副總經理｜林彥傑
總監｜林欣靜
版權專員｜何晨瑋、黃微真

出版者｜親子天下股份有限公司
地址｜台北市104建國北路一段96號4樓
電話｜（02）2509-2800　傳真｜（02）2509-2462
網址｜www.parenting.com.tw
讀者服務專線｜（02）2662-0332　週一～週五：09:00~17:30
讀者服務傳真｜（02）2662-6048
客服信箱｜bill@cw.com.tw
法律顧問｜台英國際商務法律事務所・羅明通律師
製版印刷｜中原造像股份有限公司
總經銷｜大和圖書有限公司　電話：（02）8990-2588

出版日期｜2017年4月第一版第一次印行
　　　　　2021年6月第一版第七次印行
定　　價｜300元
書　　號｜BKKNF036P
I S B N ｜978-986-94531-0-3

訂購服務 ——
親子天下 Shopping｜shopping.parenting.com.tw
海外・大量訂購｜parenting@cw.com.tw
書香花園｜台北市建國北路二段6巷11號 電話（02）2506-1635
劃撥帳號｜50331356 親子天下股份有限公司

國家圖書館出版品預行編目資料

不可思議先生故事集／林世仁文；川貝母圖. --
第一版. -- 臺北市：親子天下, 2017.04
192面；17×22公分. --（少年天下系列；36）
ISBN 978-986-94531-0-3（平裝）
859.6　　106003080